DUMONT

»Alle wirken innerlich blitzblank, nur in unserem Inneren sieht es aus wie bei Hempels unterm Sofa«, denkt sich Kioskbesitzer Armin, als er vergeblich versucht, erfolgreich zu meditieren. Und auch im Inneren der anderen Figuren dieser literarischen Kolumnen herrscht Unordnung: Frau Wiese kann nicht mehr schlafen, Herr Pohl ist nachhaltig verzagt, Lisa hat ihren ersten Liebeskummer, Vadims Hände zittern, Frau Schwerter muss ganz dringend entspannen, ein trauriger Patient hat seine Herde verloren, und Psychoanalytiker Ulrich legt sich mit der Vergänglichkeit an. Kummer aller Art plagt die Menschen, die sich, mal besser, mal schlechter, durch den Alltag manövrieren. Aber der Kummer vereint sie auch, etwa, wenn auf Spaziergängen Probleme zwar nicht gelöst werden, aber zumindest mal an die Luft und ans Licht kommen.

Mariana Leky studierte nach einer Buchhandelslehre Kulturjournalismus an der Universität Hildesheim. Sie lebt in Berlin und Köln. Bei DuMont erschienen der Erzählband ›Liebesperlen‹ (2001), die Romane ›Erste Hilfe‹ (2004), ›Die Herrenausstatterin‹ (2010) sowie ›Bis der Arzt kommt.‹ (2013). 2017 veröffentlichte sie den SPIEGEL-Bestsellerroman ›Was man von hier aus sehen kann‹, der in über zwanzig Sprachen übersetzt und für das Kino verfilmt wurde.

Die literarischen Kolumnen aus ›Kummer aller Art‹
erschienen erstmalig in Psychologie Heute.
Für die Buchveröffentlichung
wurden sie von der Autorin überarbeitet.

Die Autorin dankt herzlich der Redaktion
der Psychologie Heute,
insbesondere Dorothea Siegle.

Mariana Leky

KUMMER ALLER ART

DUMONT

Inhalt

Flugangst hält einen in der Luft

Es ist Montagnachmittag, ich sollte am Schreibtisch sitzen oder den Schreibtisch zumindest umkreisen. Stattdessen stehe ich auf einer vom Regen aufgeweichten Wiese und umkreise einen Baum, in Gesellschaft eines Zwergpinschermischlings namens Lori. Lori gehört meinem Nachbarn Herrn Pohl, der heute zu unglücklich ist, um Lori auszuführen.

Lori zittert. Das tut sie unentwegt, zu jeder Jahreszeit, ich vermute, dass sich das für Zwergpinschermischlinge so gehört. Seit geraumer Zeit stehen wir hier im Matsch und ich überlege, wie Herrn Pohl zu helfen wäre. Ich möchte Herrn Pohl unbedingt helfen – auch, weil er einer der hilfsbereitesten Menschen ist, die ich kenne. Als gestern ein Kind mit seinem quietschenden Dreirad ungefähr tausend Mal die Straße auf und ab fuhr und schließlich die Nachbarin im ersten Stock das Fenster öffnete und herunterschimpfte, dass sie verdammt noch mal ihren Mittagsschlaf bräuchte, kam Herr Pohl mit einem Fläschchen Öl heruntergeeilt und sorgte dafür, dass das Kind lautlos weiterfahren konnte. Und als mir neulich abends Druckerpapier fehlte, rief ich bei Herrn Pohl an, entschuldigte mich für die späte Störung und fragte, ob er mir mit ein paar Blatt aushelfen könne. »Ich bin sofort da«, antwortete er, lief mit wehendem Bademantel über dem

Schlafanzug zu mir herunter und überreichte mir einen kompletten Fünfhunderterpack Papier. »Sagen Sie gerne Bescheid, wenn Sie noch mehr benötigen«, sagte er.

Jetzt braucht Herr Pohl Hilfe, und ich zerbreche mir den Kopf darüber, was ich für ihn tun kann, als plötzlich zwei Jungs im Grundschulalter über die Wiese laufen. Der eine trägt eine Pudelmütze, deren Ränder er sich hinter die Ohren geklemmt hat, was ziemlich lustig aussieht. Die beiden haben Leuchtschwerter dabei, die auf Knopfdruck röhren und blinken können, und unterhalten sich über Superkräfte. Der eine Junge deutet mit seinem Leuchtschwert auf den neben mir bebenden kleinen Hund und fragt, nicht ohne Hohn: »Was ist denn *seine* Superkraft?«

Ich schaue mitleidig auf Lori und überlege, wie wir würdevoll aus dieser Frage herauskommen, als der Junge mit der Pudelmütze sagt: »Seine Superkraft ist Angst. Wenn der zittert, bebt die ganze Welt.«

Mir leuchtet jede absonderliche Angst ein. Wenn man mir ein paar Minuten Zeit gibt, könnte ich umstandslos auch eine Angst vor Quittengelee oder Hutablagen nachvollziehen. Herr Pohl weiß das, und trotzdem hat es einige Zeit gebraucht, bis er den Mut fand, mir von seiner Angst zu erzählen. Er stand vor meiner Tür und druckste so ausgiebig herum, dass ich schon fürchtete, er würde mir gleich seine Liebe oder einen Banküberfall gestehen. Es war dann aber Platzangst. Herr Pohl fürchtet sich vor Aufzügen, vor öffentlichen Verkehrsmitteln und anderen Gehäusen, die man nicht sofort verlassen kann. Herr Pohl hat sehr viel unternommen, um seine Angst loszuwerden: Er hat sich hintereinander mit drei Verhaltenstherapeuten bewaffnet, mit Meditationskissen, mit progressiver Muskelentspannung, mit Tabletten, die die Angst stilllegen, aber leider auch alles andere, mit knallharter Konfrontation und mit positiven Affirmationen. »Ich werde es einfach nicht los«, sagte Herr Pohl leise und immer wieder, »ich werde es einfach nicht los«, und selten habe ich jemanden so traurig in unserem Hausflur stehen sehen, so müde und innerlich zerzaust.

Die Jungs auf der Wiese versuchen, Lori in einen Leuchtschwertkampf zu verwickeln, aber Lori kann nicht, sie muss sich ganz auf ihre Superkraft konzentrieren, von der weder sie noch ich bislang wussten, dass es eine ist, und ich denke an meine eigenen Ängste. Eine davon ist die vor dem Fliegen. Ich halte Fliegen für vollkommen abwegig. Immer, wenn es gar nicht anders geht und ich in die Luft muss, weil die Deutsche Bahn keine Verbindung nach beispielsweise Alabama anbietet, würde ich mich am liebsten den ganzen Flug über an die Beine der Flugbegleiterin klammern. Es ist mir schleierhaft, warum alle Mitpassagiere so aussehen, als sei Fliegen etwas ganz Gewöhnliches, und jedes Mal frage ich mich, ob sie vielleicht allesamt unter schweren Medikamenten stehen oder mit dem Leben abgeschlossen haben.

Ich frage den Jungen, der von der Angst als Superkraft sprach, ob er glaube, dass das auch für Flugangst gelte. »Klar«, sagt er, »die Flugangst der Passagiere hält das Flugzeug in der Luft.«

Wie schön, denke ich, dass hier auf dieser matschigen Wiese mal jemand so anerkennend über Ängste spricht. Das tut ihnen sicher gut. Immerhin kann es ja sein, dass Angst eine Art Hilfskraft ist. Die ungeschlachte Superhilfskraft irgendeiner verzagten Sehnsucht vielleicht, die mit dem Charme eines Inkassounternehmens versucht, die Belange dieser Sehnsucht durchzuboxen.

Ich überlege, was die Sehnsucht von Herrn Pohl sein könnte. Ich kenne ihn nicht besonders gut, ich mag ihn nur sehr gern.

Vielleicht mangelt es Herrn Pohl schlicht an Platz. Vielleicht keilt Herrn Pohl irgendetwas ein, vielleicht demonstriert Herrn Pohls Angst für, wie es in der Fahrschule heißt, etwas mehr Manövrierfähigkeit.

Auf der Wiese wird es dunkler und ungemütlicher, als es sowieso schon ist. Die Jungs schultern ihre Ranzen und verabschieden sich.

Ich sehe Herrn Pohl vor mir, wie er in seiner Wohnung sitzt und auf Lori wartet. Ich kenne Herrn Pohls Wohnung nicht, vielleicht ist er umgeben von sehr viel leerem Papier. Vielleicht sitzt er an seinem Küchentisch, den Kopf in die Hände gestützt, beladen mit seiner blinkenden, röhrenden, vermaledeiten Superkraft, vielleicht bebt unter Herrn Pohls Füßen gerade die Welt, und er weiß nicht ein noch aus.

Lori und ich, wir stehen da, die eine ratlos, die andere bebend, und schauen dem Blinken der Leuchtschwerter beim Verschwinden zu.

Die Nächte, in denen wir nicht schliefen

Als ich heute Morgen die Wohnungstür öffne, höre ich von unten schwere, langsame Schritte auf der Treppe. Da kommt jemand Altes, denke ich. Es ist dann aber Frau Wiese. Frau Wiese wohnt einen Stock über mir und sieht dieser Tage aus wie ein Pirat, weil sie wegen einer Augensache eine Klappe im Gesicht trägt.

Heute sieht sie aus wie ein betagter Pirat, dabei ist Frau Wiese um die vierzig. »Schlecht geschlafen?«, frage ich. »Überhaupt nicht geschlafen«, antwortet Frau Wiese. Ich sage, das sei ja kein Wunder, bei dem Auge. »Nein«, sagt Frau Wiese, »das tut gar nicht mehr weh. Ich habe einfach so kein bisschen geschlafen.«

Frau Wiese und ich sind Expertinnen in Schlaflosigkeit. Wohlgemerkt: in, nicht für. Also setzen wir uns auf den Treppenabsatz und fachsimpeln. Wegen der akuten Schlaflosigkeit fachsimpelt Frau Wiese eher einsilbig.

Frau Wiese hat letzte Nacht alle Phasen der Schlaflosigkeit vorbildlich hinter sich gebracht. Als Erstes hat sie die Augen geschlossen. Keine schlechte Idee, wenn man einschlafen möchte, und eine recht anspruchslose Aufgabe, wenn das eine Auge sowieso schon zu ist.

Frau Wiese hat ihr Auge allerdings schnell wieder geöffnet,

weil ihre Gedanken leider kein bisschen an Schlaf dachten, und putzmuntere Gedanken toben sich hinter geschlossenen Lidern besonders gerne aus. Also hat Frau Wiese versucht, sich müde zu lesen. Das, überlegen wir, geht vermutlich am besten mit Büchern, die einen nicht interessieren, und solche hat man selten im Haus. Für den Fall von Schlaflosigkeit sollte man immer Lektüre zu Themen auf dem Nachttisch haben, die man irrsinnig langweilig findet. »Was wäre das in Ihrem Fall?«, fragt mich Frau Wiese, und ich sage: »Guppys und Tiefbau.«

Frau Wiese hat versucht, sich auf ihren Atem zu konzentrieren, was leider meistens zu Atemnot führt, genauso, wie man anfängt zu stolpern, wenn man sich bewusst aufs Gehen konzentrieren soll. In ihrer Not hat Frau Wiese sich sogar dazu hinreißen lassen, Schafe zu zählen, was ja nun wirklich noch nie funktioniert hat, weder bei Frau Wiese noch bei mir. Schon als Kind sprangen vor meinem geistigen Auge keine wolligen Lämmer über einen Zaun. Da standen alte, abgebrühte Schafsböcke auf meiner imaginierten Weide, die sich von einem innerlich gesäuselten »Hopp« so gar nicht beeindrucken ließen. »Da musst du schon früher aufstehen«, blökten die Schafsböcke, und ihr Lachen klang wie Raucherhusten.

Die nächste Phase ist die, in der man beginnt, sich aus purer Missgunst über die zu ärgern, die um einen herum schlafen. Frau Wieses Schwester, die bei Frau Wiese übernachtet und sich bislang als große Geschwisterliebe hervorgetan hatte, manövrierte sich mit jedem ihrer entspannt schlafenden Atemzüge weiter in Richtung mittlere Liebe. Einfach, weil sie so angeberisch schlief. Auch die Katze, die zusammengerollt am Fußende von Frau Wieses Bett lag, rieb ihr mit ihrem virtuosen Schlummern das eigene Schlafversagen unter die Nase.

Die unangenehmste Phase, auch da sind sich Frau Wiese und ich einig, ist die, in der die Sorgen zuschlagen. Sorgen haben in durchwachten Nächten bekanntlich sehr, sehr leichtes Spiel, wie Halbstarke, die auf dem Schulhof einen Erstklässler vermöbeln. Bei Übermüdung kommt einem die Verhältnismäßigkeit abhanden: Alles ist plötzlich gleich furchtbar, die Weltlage genauso wie die unbeglichene Rechnung der GEZ.

Überhaupt: Mahnungen. In schlaflosen Nächten wimmelt es von Mahnungen, sie segeln von oben aufs Bett herunter und sind ohne Unterschrift gültig. *Leider haben Sie trotz mehrfacher Aufforderung die Muskelaufbauübungen für den unteren Rücken erneut nicht gemacht. Leider haben Sie es zum wiederholten Mal versäumt, Ihre unglückliche Tante Traudl zurückzurufen. Leider mussten wir feststellen, dass Sie trotz zahlloser Aufforderungen das Rauchen immer noch nicht drangegeben haben. Leider haben Sie es trotz mehrfacher Mahnungen versäumt, nicht alles falsch zu machen.*

Frau Wiese stand auf, mit lauter Mahnungen in den Haaren, setzte sich an den Küchentisch und starrte einäugig auf den Tropfen, der am Wasserhahn hing und sich trotz des ausgiebigen Starrens nicht bewegen wollte. Vermutlich weil er schlief.

Sie legte den Kopf auf die Tischplatte. Der Morgen war da. Ein ausgeruhter Bauarbeiter schmiss seinen Presslufthammer an und ein Vogel sein Lied. Letzte Phase: dumpfe Resignation.

Frau Wiese lehnt den Kopf an die Hausflurwand, ich lehne meinen ans Treppengeländer. Wir sitzen da wie zwei windschiefe Eulen.

Wir beschließen, uns bei der nächsten Schlaflosigkeit nicht mit dem Zählen von bockigen Schafen und Atemzügen abzugeben. Wir beschließen, das nächste Mal alle Nächte zu zählen, in denen wir nicht schlafen konnten. In jeweils über vierzig Lebensjahren ergibt das eine stattliche Herde. Wir werden uns die Betten in Erinnerung rufen, in denen wir wach lagen. Wir werden uns daran erinnern, warum wir nicht schliefen. Wir schliefen scheinbar grundlos nicht, wir schliefen wegen Prüfungen nicht, die bestanden oder versemmelt wurden und in jedem Falle mittlerweile egal sind, wir schliefen nicht, weil es zu laut war oder zu leise, zu heiß oder zu kalt, wir schliefen nicht, weil große Lieben im Anflug oder auf dem Absprung waren, große Lieben vor langer Zeit, die jetzt bestimmt schlafen, wir schliefen nicht wegen der Weltlage, wegen des unteren Rückens oder wegen Randale im Oberstübchen, wegen all der auf uns heruntersegelnden Mahnungen, wir schliefen nicht in Ermangelung von Guppys und Tiefbau.

All die Nächte werden wir vorbeiziehen lassen, und darüber werden wir bestimmt verlässlich einschlafen. Wir werden Expertinnen in Schlaf sein. Wir werden alles an die Wand schlafen. Überall, auch auf einem Treppenabsatz im Hausflur.

Bruder Innerlich

Als ich ein Kind war, sind wir oft mit dem Auto in den Urlaub gefahren. Wenn mein Bruder und ich auf dem Rücksitz zu quengeln anfingen und meine Eltern die ewigen Benjamin-Blümchen-Kassetten nicht mehr hören konnten, sagte mein Vater oft: »Macht einfach die Augen zu und unterhaltet euch mit Bruder Innerlich.« Wir hatten keine Ahnung, wer Bruder Innerlich war, aber wir hatten sehr guten Kontakt zu ihm. Das klingt paradox. Ein Paradox, hat der Philosoph Alan Watts geschrieben, »ist eine Wahrheit, die sich auf den Kopf stellt, um auf sich aufmerksam zu machen.«

Auch jetzt ist Sommer, ein stickiger Großstadtsommer, die Unterarme kleben an der Schreibtischplatte, als sei sie mit Fliegenkleber ausgelegt. Deshalb verlege ich den Arbeitsplatz in Achims Café unten im Haus, denn Achim hat immerhin einen Ventilator.

Seinen Gästen gegenüber zeichnet sich Achim dadurch aus, dass er sehr mittelmäßige Witze macht. Wenn man seinen Kaffee bezahlen will, sagt Achim: »Zweihundert Euro, bitte«, und wenn man ein belegtes Brötchen bestellt, tut er immer so, als würde er es runterfallen lassen. Achim sitzt dem Irrglauben auf, dass Witze durch Wiederholung besser werden. Alle lachen trotzdem, weil es schön ist, dass Achim sich jedes Mal so über seine Scherze freut.

Heute allerdings ist die Luft im Café zum Schneiden, und das nicht nur, weil der Ventilator sich seltsam benimmt, er knarrt und dreht sich nur sehr schlapp. Die Luft ist dick, weil Achim und seine Frau sich ganz offenbar streiten. Achim macht zum ersten Mal keinerlei Anstalten, mein Brötchen fallen zu lassen. Er stellt es mir wortlos auf die Theke.

Achims Frau lehnt mit verschränkten Armen an der Wand. »Ich möchte es aber unbedingt«, sagt sie.

Ich setze mich an einen Tisch, und dann kommt heraus, was Achims Frau unbedingt möchte: einen zweiwöchigen Meditationskurs im Harz, und Achim soll mit.

Achim hat Meditieren schon ausprobiert. Ich weiß das, weil wir denselben Meditationskurs abgebrochen haben. Ich hatte den Kurs angefangen, weil es mit Bruder Innerlich nicht zum Besten stand, es war, als führten Bruder Innerlich und ich eine komplizierte Fernbeziehung.

Achim und ich saßen in der letzten Reihe auf bordeauxfarbenen Meditationskissen. Zu Beginn sagte der Mediationslehrer, wir sollten in uns hineinspüren und unserem wahren Selbst begegnen, also vermutlich Bruder Innerlich.

Wenn ich auf Anweisung in mich hineinspüren soll, verlaufe ich mich meistens und lande irgendwo obenrum, in den Gedanken, die dann ihre Stimme verstellen und vorgeben, das wahre Selbst zu sein, und mich ausführlich anpampen. Ich bin nicht über das berüchtigte Meditationsanfängerstadium hinausgekommen: das, in dem die Gedanken auf einen einhacken, die Beine wehtun und Bruder Innerlich sich erschrocken verkrümelt.

Achim ging es ähnlich. Nach der sechsten Sitzung konnten scheinbar alle außer uns einwandfrei meditieren, es sah toll aus, wie sie da saßen, sehr gern hätten wir auch derartig da gesessen, so gleichzeitig entrückt und ganz anwesend. Alle wirkten innerlich blitzblank, nur in unseren Inneren sah es aus wie bei Hempels unterm Sofa.

Als wir in der achten Sitzung sagten, dass Meditation vielleicht leider nichts für uns sei, sah der Meditationslehrer uns an, als hätten wir gesagt, dass wir schweren Brechdurchfall hätten. Er prognostizierte, dass Achim und ich ohne ihn und die Meditation nie unser wahres Selbst kennenlernen würden, nie den *No-Mind*, nie die Stille. Dafür, dass er Stille so schätzte, sagte der Meditationslehrer sehr viel.

»Einen Tee bitte noch«, sage ich zu Achim. »Meditieren bringt dich in Kontakt mit dir selbst«, sagt Achims Frau. Achim seufzt, stellt den Tee vor mich hin und schaut in die Tasse, als läge auf ihrem Grund ein schöner Traum von letzter Nacht.

Achim und ich sind damals reichlich beklommen aus dem Meditationszentrum geschlichen. Den halben Rückweg lang sagten wir nichts. »Pah«, schnaubte ich schließlich, weil ich bei akuter Verunsicherung oft großlaut und hemdsärmelig werde, »heutzutage muss aber auch alles meditieren, was nicht bei drei auf den Bäumen ist.« Kurz vor unserem Haus sagte Achim: »Mein Fahrrad ist kaputt. Lust auf Reparieren?«

Wir gingen in den Hinterhof, Achim drehte sein Fahrrad um, es stand mit seinen Rädern in der Luft da wie ein Paradox. Ich holte den Werkzeugkoffer, wir fingen an zu reparieren. Es war Frühherbst, die Kastanie im Hof rauschte im Wind, wir hatten alle vier gut zu tun, Achim, ich, die Kastanie und der Wind. Die Brüder Innerlich waren bester Dinge und ganz auf unserer Seite. Wir haben alle nicht viel gedacht, eigentlich gar nichts. Nur ab und zu hat sich ein Gedanke vorgewagt und verlautbart: »Besser den Schlitzschraubenzieher«, und damit hatte er recht, und dafür sind Gedanken schließlich gemacht: um hilfreiche Hinweise zu geben.

Ich esse mein Brötchen auf. Ich hoffe, Achims Frau kommt auf die Idee, allein zum Meditationskurs zu fahren, und ich hoffe außerdem, dass Achims Fahrrad bald mal wieder kaputtgeht.

Achim kommt an meinen Tisch und räumt ab. Ich sage: »Ich möchte dann auch zahlen«, und um Achim aufzuheitern, sage ich noch hinterher: »Zweihundert Euro, oder?«

Achim guckt finster wie der Harz und lacht nicht. Es ist ja auch einfach nicht lustig. Er schaut nach oben, zum Ventilator. Der knarrt wie ein unwahres Selbst. »Da stimmt was nicht«, sagt Achim, »wollen wir das reparieren?«, und dann knallt es, und ich denke, jetzt ist etwas heruntergefallen, aber es ist nur das Geräusch, das entsteht, wenn ein Bruder Innerlich seine Hand in die des anderen schlägt.

»Nichts lieber als das«, sage ich.

Ich bin ein Anhang

Mein Freund Max war noch nie bei einem Abiturtreffen. Nun jährt sich sein Abitur zum fünfundzwanzigsten Mal. Ich habe ihn überredet, zu dem dazugehörigen Fest zu fahren – und deshalb muss ich jetzt mit. Man soll »mit Anhang« kommen, und da Max derzeit keinen Anhang hat, habe ich mich notgedrungen zur Verfügung gestellt.

Auf der Zugfahrt in Max' Heimatstadt erzählen wir uns Schulzeitgeschichten. Max erzählt von seinem Chemielehrer, der bei einem Experiment seinen Daumen verloren hatte. Daraufhin, erzählt Max farbenfroh, wurde der große Zeh des Chemielehrers amputiert und dorthin operiert, wo früher der Daumen gewesen war.

Der Chemielehrer trug immer Sandalen mit Socken. Max kassierte eine Fünf nach der anderen, weil er sich nicht auf den Unterricht konzentrieren konnte, sondern den Chemielehrer immer anstarren musste – und zwar nicht den Zehdaumen, sondern die leere Stelle am Fuß des Chemielehrers. »Die Socke warf Falten über dem Nichts«, sagt Max im Zug, immer noch beeindruckt.

Ich erzähle von Oliver, in den ich unglücklich verliebt war und wegen dem ich mindestens drei Kilo Tagebuch vollschrieb, darunter mehrere Gedichte, die ich erfolglos der *Bravo* zum Abdruck anbot. Oliver aber war, wie alle, in Kati verliebt, in Kati mit dem seidenen Haar und der reinen Haut. Kati und Oliver wollten später nach Miami auswandern. Ich habe Oliver gegoogelt. Er ist nicht in Miami, sondern in einem Bezirksamt in Dortmund.

Wie in mich war auch in Max niemand verliebt. Wie ich hatte auch Max Pickel mit Eiterwipfeln an der Backe und vom Hals abwärts einen aus den Fugen geratenen Pubertätskörper, den er mit zeltartigen T-Shirts zu umspielen versuchte; mit diesen Achtzigerjahre-T-Shirts, auf denen Wörter in eiscremefarbenen Großbuchstaben mit Ausrufungszeichen prangten: *FUN!* stand da oder *NO FEAR!* Diese Botschaften sollten unsere Gemütslage betiteln und waren natürlich haushoch gelogen. Jetzt, im Zug, finde ich, dass man eigentlich vor jemandem, der *NO FEAR!* auf seinem T-Shirt stehen hat, Angst haben sollte. Und ich stelle mir vor, was gewesen wäre, wenn auf unseren T-Shirts wahrheitsgemäß *VERZWEIFLUNG!* oder *FÜRCHTERLICHES UNWOHLSEIN!* gestanden hätte, mit Ausrufungszeichen und in Pistazieneisgrün.

Max, erzählt er, war in eine Michaela verliebt (seidenes Haar, reine Haut). Irgendwann traute er sich, sie anzusprechen. Irgendwann stellte er sich direkt vor sie hin, in seinem Zeltshirt und mit einem Satz, den er nächtelang erwogen hatte, einem Satz von, aus Max' Sicht, so unübersehbarer Schönheit und Wahrheit, dass Michaela dem Satz und auch Max auf der Stelle verfallen würde. Max stand also da, mit all seinem zusammengenommenen Mut, und sagte feierlich: »Michaela, ich habe jetzt übrigens die Bastlerzeitschrift *Mechanikus* abonniert.«

Max und Michaela hatten sehr unterschiedliche Vorstellungen von Schönheit. Michaela schaute Max an, als sei er ein mannshoher Pickel, und dann lachte sie ihn aus, sehr lange und sehr laut. Max lief weg, ungewöhnlich behände, alles wackelte beim Weglaufen, nicht nur der Mut, nicht nur der Bauch, sondern das ganze niederträchtige Leben.

Max' Abiturfest findet in einer Kneipe statt, und weil ich nur der Anhang bin, kann ich in Ruhe zuschauen. Max und ich sind gleich alt. In den Gesichtern seiner Mitschüler meine ich, einerseits noch die U-20-Gesichter erkennen zu können, anderseits erahne ich schon die, die sie in zwanzig Jahren tragen werden.

Es ist ein schönes Fest. Immer wieder höre ich diese beiläufigen Kürzestaussprachen, die ich so nur von Klassentreffen kenne:

»Sag mal, warum hast du eigentlich in der Achten nicht mehr mit mir geredet?« – »Hä? *Du* hast doch nicht mehr mit *mir* geredet!«

Oder:

»Ich habe ja damals ziemlich darunter gelitten, dass du immer so Scheiße zu mir warst.«

»Ich war nur Scheiße zu dir, weil ich vollkommen verknallt in dich war.«

Max unterhält sich ausgelassen mit dem sehr zusammengeschrumpelten Chemielehrer, der immer noch Socken in Sandalen trägt, und tatsächlich wirft die eine Socke Falten über dem Nichts.

»Ist Michaela auch da?«, frage ich. »Warte mal«, sagt Max und schaut sich um, »ich glaube, das ist die da hinten.« Er deutet auf eine Frau, die jetzt nicht mehr seidig aussieht, sondern eher nach Dortmunder Bezirksamt. Ich ertappe mich dabei, dass mich das freut.

Ich überlege, was wäre, wenn es Zeitreisen gäbe. Ich stelle mir vor, wie ich neben dem jungen, dicken, pickligen Max hätte herlaufen können, der vor Michaelas lautstarker Gehässigkeit floh.

»Guten Tag Max, ich komme aus der Zukunft«, hätte ich etwas atemlos gesagt. »Ich will dich nur wissen lassen, dass es tatsächlich eine Sensation ist, die Bastlerzeitschrift *Mechanikus* abonniert zu haben. Und ich will dich wissen lassen, dass du in ungefähr dreißig Jahren über genau diese Michaela, vor der du jetzt davonläufst und die gerade scheinbar dein ganzes Leben verpfuscht hat, sagen wirst: ›Warte mal, ich glaube, das ist die da hinten.‹«

Wahrscheinlich hätte das kein bisschen getröstet. Wahrscheinlich wäre Max noch etwas schneller gerannt, um mich, die durchgedrehte steinalte Tante, zügig loszuwerden. Die Zeitangabe »in dreißig Jahren« macht einen Vierzehnjährigen vermutlich nur verzweifelter. »In dreißig Jahren« klingt in vierzehnjährigen Ohren wie »nie und nimmer«.

Auch in meinen gut dreimal so alten Ohren klingt es plötzlich unfassbar, dass ich eine Fläche von dreißig Jahren locker überblicken kann. Leider ist auf dieser Fläche plötzlich gar nichts zu erkennen, sie sieht grau und landschaftslos aus, und ich komme mir dementsprechend leer vor. Eine ehemalige Mitschülerin von Max drückt mir ein Bier in die Hand und fragt: »Und? Was machst du so?«

»Ich werfe Falten über dem Nichts«, möchte ich düster antworten, aber ich sage: »Ich bin ein Anhang.«

Schwester Gertrud und die glückliche Kindheit

Gertrud, Krankenschwester in einer Notaufnahme, sieht überhaupt nicht aus, als würde sie Gertrud heißen. Sie trägt einen pinkfarbenen Kurzhaarschnitt und ist so riesig, dass man glaubt, sie könne mit einem nur leicht angehobenen Arm den Accent aigu aus dem Wort *Charité* vom Dach des Krankenhauses abstauben. Sie ist alterslos im Bereich zwischen dreißig und fünfzig, sie hat Arme, mit denen man Menschen wuchten kann, und sie ist stämmig wie der Rettungswagen, aus dem sie meinen Onkel Ulrich und mich herausholt. Wir sind hier, weil Onkel Ulrich sich plötzlich nicht mehr bewegen kann.

Es wirkt dramatisch, wenn einer plötzlich Arme und Beine nicht mehr rühren kann, aber hier sind wir ein leichterer Fall. Ein leichterer Fall ist man hier, wenn Kopf und Herz noch planmäßig ihren Dienst versehen.

Onkel Ulrich liegt auf einer Pritsche, ich sitze daneben. Um uns herum gibt es zwei weitere Liegen. Auf einer befindet sich ein violetter nackter Mann, der nach Ammoniak und Galle riecht und in regelmäßigen Abständen irgendetwas grölt, auf der anderen eine winzige steinalte Frau mit einer Platzwunde am Kopf. Wir warten auf einen Arzt.

In unregelmäßigen Abständen stürmt Gertrud herein. Sie ist hervorragend im Losstürmen und in Vollbremsungen. »Was habe ich denn?«, fragt Onkel Ulrich Gertrud, und man sieht ihm an, dass er sich fürchtet. »Das weiß ich nicht, ich hab ja nicht Medizin studiert«, sagt Gertrud, »aber Ihre Angst auch nicht.« Dann stürmt sie wieder heraus. Wir blicken ihr nach wie einer Erscheinung. Die Angst hat nicht Medizin studiert – allein für diesen Satz möchten wir Gertrud mit einem Verdienstkreuz dekorieren. Angst gibt vor, sich mit allem auszukennen, alles studiert zu haben, aber ihre ganzen Abschlusszeugnisse sind gefälscht.

Gertrud taucht wieder auf, mit einer Art Blumensprüher, und sprüht dem violetten Nackten damit ins Gesicht. »1,2 Promille sind aber mehr als zwei Bierchen, mein Lieber«, sagt sie, kommt wieder zu Ulrichs Liege und flüstert: »Ich glaube ja, Sie haben einfach Bandscheibe.« Ulrich strahlt, wir glauben das Gertrud sehr gern.

»Schwester Gertrud mein Name«, sagt sie jetzt zu der alten Frau mit Platzwunde, »wo haben Sie sich gestoßen?«

»Am Kopf«, sagt die Frau leise. »Am linken oder am rechten?«, fragt Gertrud, die Frau lacht leider nicht, und Gertrud fragt: »Wissen Sie, welcher Tag heute ist?«

Die alte Frau denkt fieberhaft nach. Es steigt ihr diese Kinderhitze ins Gesicht, die erscheint, wenn der Mathelehrer einen überraschend abfragt. Zum Glück wird Gertrud jetzt großzügiger. »Wissen Sie denn, welchen Monat wir haben?«

Die Frau sagt immer noch nichts. »Eher Juni oder eher Oktober?«, fragt Gertrud. »Eher Oktober?«, fragt die Frau, und Gertrud sagt: »Bingo«, und stürmt davon. In der Notaufnahme ist ein Kopf intakt, wenn er ungefähr weiß, dass eher Oktober ist.

Die alte Frau liegt allein da, seit Stunden. Als ich sicher bin, dass sie weit und breit keinen Anhang hat, kommt ein schnauzbärtiger Mann schwer atmend angerannt. »Mutti«, sagt er zu der Frau, »was machst du denn für Sachen!«, und ich bin froh, dass die alte Frau jemanden hat, der ihr Vorwürfe macht.

Ulrich geht es sichtlich besser, seit Gertrud ihm einen Bandscheibenvorfall unterstellt hat. Das merkt man daran, dass er beginnt, sein Lieblingsspiel zu spielen. Wie einige Leute in meiner Familie ist auch Onkel Ulrich Psychoanalytiker, und immer, wenn er irgendwo warten muss, dichtet er den Mitwartenden Kindheiten, Neurosen und die wirksamste Therapieform für die angedichtete Neurose an. Ich kann förmlich sehen, wie hinter Ulrichs Stirn die Kindheit des grölenden Nackten aufploppt, und ich wette, es kommt Alkoholismus in der Ursprungsfamilie und wiederholte frühkindliche Beschämung darin vor.

»Hol mir doch mal was zu trinken«, sagt Ulrich, und ich bin froh, dass ich etwas zu tun habe. Ich gehe auf den Flur. Ein ganz in goldene Folie gewickelter Körper wird an mir vorbeigeschoben. Eine Frau mit einem Motorradhelm in der Hand geht hinterher, und ich finde den Getränkeautomaten nur, weil sie sich dagegen lehnt. Sie schaut in den Helm, als befände sich darin ein bisheriges Leben. Ich versuche, die Münzen sehr leise in den Automaten zu werfen, ich will die Frau nicht stören, vermutlich findet sie zu recht, dass jetzt alles stillstehen muss, dass jetzt keinesfalls Münzen einfach so durch einen Automaten klimpern dürfen. Es klimpert aber doch, weil Münzen sich um nichts scheren. Ich beuge mich herunter, hebe die Automatenklappe an und schaue in den kleinen schwarzen Raum, in dem gleich eine Capri-Sonne aufgehen müsste, und vor meinen Augen schweben kleine durchsichtige Punkte, die mich darauf hinweisen, dass wir schon sehr lange in der Notaufnahme sind, so lang, dass man nicht mehr ganz sicher sein kann, ob es draußen eher Juni oder eher Oktober ist.

In einer Notaufnahme verhält sich die Zeit wie Schwester Gertrud: Mal stürmt sie aus dem Stand los, mal macht sie Vollbremsungen, und als ich mit der Capri-Sonne zurück zu Ulrichs Liege komme, ist mehr Zeit vergangen, als ich dachte, denn Ulrich steht jetzt neben der Liege – ziemlich schief zwar, aber er steht.

»Es ist nur ein Bandscheibenvorfall«, sagt er und strahlt wie ein Geburtstagskind, »ich habe eine herrliche Spritze bekommen.« Dann flüstert er mir zu: »Es war ein sehr netter Arzt. Allerdings scheint er mit einer endogenen Depression zu kämpfen, ich vermute eine empathielose Mutter.«

Gertrud, die überall ist, sagt: »Sie können jetzt nach Hause humpeln«, und reicht Ulrich die Hand. Er schüttelt sie mit beiden Händen, feierlich lange, als befänden wir uns in einem Staatsakt, und dann sagt er: »Frau Gertrud, ich wünsche Ihnen eine sehr glückliche Kindheit.«

Kummer aller Art

Jeden Mittwoch treffe ich mich mit meiner Patentochter Lisa. Lisa ist sechzehn und hat, wie schon an den vergangenen Mittwochen, einen sehr großen Liebeskummer dabei. Vielmehr: Der Liebeskummer hat sie dabei. Er führt sie mit sich, man kann Lisa hinter dem hünenhaften Liebeskummer kaum erkennen.

Der Verursacher des Kummers heißt Magnus. Magnus geht in Lisas Schule, war ein halbes Jahr lang eine große Liebe, dann hat er Lisa verlassen, wegen einer Älteren und per SMS. Das ist natürlich unter aller Kanone, und wie jeden Mittwoch in letzter Zeit, wenn Lisas Kummer mir entgegenkommt, möchte ich Magnus eine SMS zurückschicken. Wie kann man nur, möchte ich schreiben, jemand so Kluges, Lustiges und Schönes wie Lisa verlassen, auf so schnöde Art, und außerdem hast du einen ganz und gar bescheuerten Vornamen, du Unmagnus, du kleiner Wutz.

Vorvorletzten Mittwoch hat mir Lisa wieder und wieder Magnus' Nachricht vorgelesen, in der Hoffnung, dass sich eine Nachricht verwandelt, wenn man sie nur oft genug vorliest, und sie hat mir ausführlich dargelegt, was sie falsch gemacht haben könnte. Das war aus ihrer Sicht viel und wurde immer mehr. Ich habe versucht, das alles auszuräumen und zu widerlegen und etwas von meiner Wut auf Magnus in Lisa zu installieren, aber das hat nicht funktioniert.

Vorletzten Mittwoch habe ich es mit Ablenkung versucht. Lisa liebt Tierdokumentationen, ich hatte eine ausgeliehen, aber dann kamen leider Vogelpaare darin vor, die ihr Leben lang zusammenbleiben, und wenn einer der beiden stirbt, klappt der andere im Flug seine Flügel zusammen und stirbt dem einen hinterher.

Letzten Mittwoch sind wir schwimmen gegangen, weil ich dachte, Bewegung hilft gegen lausige Gedanken. Lisa stand im Wasser und hat in ihre Schwimmbrille geweint, denn Schwimmen war sie letztes Mal mit Magnus. Magnus hat die ganze Welt versaut.

Am heutigen Mittwoch gehen wir durch den Park. Wir gehen und sagen nichts, bis uns mein Nachbar Herr Pohl und sein Zwergpinschermischling Lori entgegenkommen. Ich stelle alle einander vor. Einen Moment lang stehen wir unschlüssig da, dann fragt Herr Pohl: »Darf ich Sie begleiten?«

Lisa nickt. Ich glaube, sie nickt, weil man Herrn Pohl ansieht, dass er sich mit Traurigkeiten auskennt, als schwebe der Schriftzug *Kummer aller Art* über seinem Kopf. Wir gehen zu fünft weiter, schweigend, Lisa in der Mitte, mit Lori an der Leine, Herr Pohl und ich rechts und links von Lisa, der Liebeskummer stramm vorneweg wie ein blasierter Pauschalreiseführer.

Herr Pohl sieht mich über Lisas Kopf hinweg fragend an. »Liebeskummer«, grimassiere ich lautlos, und Herr Pohl nickt bestürzt. Ich nehme Lisas freie Hand und schaue mir die Leute im Park an. Wenn Reden etwas nutzen würde, würde ich Lisa gern sagen, dass bestimmt fast alle hier im Park, vielleicht sogar Lori, schon mal einen unüberwindlichen Liebeskummer überwunden haben. Ich wünschte, Lisa könnte sich an dem Satz *Es geht vorbei* festhalten wie ein Wasserskifahrer an seinem Zugseil.

Es geht vorbei, denken Herr Pohl und ich, denn das fällt einem als Erstes ein, wenn man hinter dem Liebeskummer einer Sechzehnjährigen her spaziert. Einen anderen Satz, der uns durch den Kopf geht, werden wir auf Teufel komm raus verschweigen, nämlich: Es wird noch viel schlimmer kommen. Cat Stevens irrte, als er behauptete, dass *the first cut the deepest* sei. Das hier ist noch gar nichts, denken Herr Pohl und ich heimlich, gemessen an den Liebeskummern, die Lisa später noch aufsuchen, die noch brachialer sein werden und noch unnachgiebiger, und Herr Pohl und ich und unsere nicht zielführende Lebenserfahrung beißen sich gleichzeitig auf die Zunge.

Eine telefonierende Frau kommt uns entgegen. Sie trägt einen Jutebeutel, auf dem in rosa geschwungenen Buchstaben *All feelings are welcome* steht. Prüfen Sie diesen Beutel noch mal, denke ich in Richtung der Frau, und schauen Sie sich meine Lisa an. Der Liebeskummer, der sie mit sich führt, ist absolut nicht eingeladen, und ihm ein »Willkommen« entgegenzulächeln, wird niemandem gerecht, weder dem Kummer noch seiner Wirtin.

Als wir zum vierten Mal am Eingang des Parks vorbeikommen, bricht Herr Pohl unser Schweigen. »Ich müsste noch Futter für Lori besorgen«, sagt er, »möchten Sie mit?«

Ich schaue Lisa an, Lisa nickt. Man kann Lisas Kummer nicht mit Ablenkung oder Argumenten, mit Abwimmeln oder Begrüßungspartys beikommen, man kann ihn nur, wo er schon mal da ist, mitnehmen in das vorerst weitergehende Leben, und warum sollte sich das nicht für die nächste halbe Stunde in einer Zoohandlung abspielen. Ich glaube nicht, dass Magnus auch Zoohandlungen mit Erinnerungen kontaminiert hat.

Kurz darauf gehen wir alle hintereinander durch enge Gänge mit Tierbedarf. Es ist stickig und überall fiept, raschelt und blubbert irgendwas. Es hört sich an wie in einem Kopf, der überlegt, was er alles falsch gemacht haben könnte.

Wir begegnen erstaunlichen Dingen. Miniaturschlossruinen zur Aquariumsdekoration, Trinkwasserspringbrunnen für Katzen, Sitzbetten für Nager. Vor einem Regal bleibt Herr Pohl stehen, so abrupt, dass wir anderen beinahe in ihn hineinlaufen. Herr Pohl zeigt auf ein Halsband, es ist ein Beruhigungshalsband, das irgendwelche Stoffe absondert, die, so steht es tatsächlich auf der Verpackung, »konstante Behaglichkeit« garantieren. »Um Himmels willen«, sagt Herr Pohl und schaut Lisa an, »so was gibt es bestimmt auch bald für Menschen. Besser, Sie halten Sie gut fest, Ihre ganze Traurigkeit.« Lisa lächelt. Nur kurz, aber immerhin. Und das erhellt diesen ganzen Tierbedarf, diesen ganzen Mittwoch.

Was immer war und was nie

Seit Tagen sind wir damit beschäftigt, die Praxis meines Onkels Ulrich auszuräumen. Er war ungefähr dreißig Jahre lang Psychoanalytiker, nun soll Schluss sein.

Wir sind fast fertig. Nur die Couch, auf der die Patienten lagen, steht noch da. Darauf sitzt jetzt Onkel Ulrich, erschöpft vom Herausräumen und vom Abschiednehmen. Die Regale abbauen, die Bücher wegpacken, die Teppiche einrollen: All das ging einigermaßen. Sogar von dem Sessel, auf dem Ulrich immer saß, schräg hinter der Couch, konnte er sich mit Fassung trennen. Die Couch aber fällt ihm sehr schwer. Ulrich schaut, als würde nicht das alte Möbel, sondern er selbst gleich auf den Sperrmüll gebracht.

Ich sitze auf dem Boden und schrubbe mit einer alten Zahnbürste Heizkörperrippen sauber. Ulrich starrt auf die jetzt kahlen Wände. Man sieht noch die Schatten der Regale, der Bilder, die da gehangen haben, vereinzelte Dübel stecken noch in der Wand, und all das weist uns wenig subtil darauf hin, dass etwas, das jahrzehntelang da war, schnurstracks weg sein kann.

»*Am unvergesslichsten waren die Wände*«, sagt Ulrich mit brüchiger Stimme, »*das zähe Leben dieser Zimmer hatte sich nicht zertreten lassen. Es war noch da, es hielt sich an den Nägeln, die geblie-*

ben waren.« Ich bin mir ziemlich sicher, dass das ein Zitat von Rilke ist. Ulrich zitiert gern Rilke, auf Familienfeiern, insbesondere bei Beerdigungen, und in seinen Augen sind wir gerade so gut wie in einer Beerdigungssituation.

Ich setze mich mit der verdreckten Zahnbürste neben ihn auf die Couch. »Weißt du was«, sagt Ulrich, »ich glaube, ich bleibe einfach für immer hier sitzen.« Ich streiche ihm über den Rücken. »Du bist ein Analytiker, der auf seiner eigenen Couch in einen Sitzstreik tritt«, sage ich, und Ulrich lächelt, aber nur kurz. »Das alles hier kommt nie wieder«, sagt er, »diese Couch wird in wenigen Stunden für immer weg sein«, und mir fällt ein, dass es Ulrich war, der mir sagte, man habe kein Recht, von immer oder nie zu sprechen, bis man ganz am Ende seines Lebens angekommen sei, weil man nur von dort aus beurteilen dürfe, was immer war und was nie.

Die Couch, die heute ihr Lebensende erreicht hat und daher über nie und immer befinden dürfte, ist mit nachtblauem Breitcord bezogen. Angesichts der ekligen Zahnbürste in meiner Hand frage ich Ulrich lieber nicht, ob sie in all den Jahren auch nur einmal gereinigt worden ist.

Ich kenne diese Couch gut, seit meiner Kindheit. Als ich in der Grundschule war, passte Onkel Ulrich jeden Dienstagmittag auf mich auf, und oft hatte er noch Sachen zu erledigen, wenn ich nach der Schule zu ihm in die Praxis kam. Er saß dann an dem Schreibtisch, der jetzt weg ist, und ich legte mich auf die Couch, ohne Schuhe, weil meine Beine längst nicht an die Fußmatte am Ende der Couch heranreichten. Ich erinnere mich, dass ich mich fragte, welchen Leute Ulrich heute wieder »etwas an der Seele ausgebessert« hatte; irgendwer hatte mir gesagt, dass es das war, was Onkel Ulrich tat. Dementsprechend nahm ich an, dass man Seelen ausbessern konnte wie Strümpfe oder Regenrinnen.

Ich erinnere mich, dass ich mir oft einen Bildband über Wale angesehen habe. Ulrich hatte viele Bücher über Tiere in seiner Praxis – ein Psychoanalytiker, fand er, muss sich mit den verschiedensten Säugetieren auskennen. Ich erinnere mich, dass mich die Ausmaße eines Wals weniger erstaunten als die Tatsache, dass sein Herz mitunter nur zwei Mal pro Minute schlägt.

Ich erinnere mich, dass Ulrich am Schreibtisch manchmal Kassetten hörte, Mitschnitte von den Sitzungen mit seinen Patienten. Ich erinnere mich an keinen einzigen Satz daraus, aber an das viele Schweigen auf den Kassetten und an das Klickgeräusch der Pause-Taste, wenn Onkel Ulrich etwas notieren wollte. Und ich erinnere mich sehr gut an seine ausführlichen Flüche, wenn es Bandsalat gab und er versuchte, das braune Magnetband voller verhedderter Traumerzählungen und Schweigen zu entwirren.

Ich erinnere mich auch, dass ich mir eines Dienstags in der Schule Läuse eingefangen hatte. Ich hinterließ die Läuse auf dem Kopfende der Couch, von wo aus sie auf die Köpfe der Patienten übersiedelten. Es dauerte eine Weile, bis Ulrich sich erklären konnte, warum sich die Dienstagabendpatienten allesamt so ausgiebig am Kopf kratzten.

Jetzt, wo wir nebeneinander auf der Couch sitzen, frage ich Ulrich, ob er sich an seinen allerersten Patienten erinnern kann. »Selbstverständlich«, sagt er. »Es war ein junger Mann, der sein Leben ereignislos fand.« Er seufzt. »Aber seine Träume – die waren spektakulär.«

Wir lehnen uns zurück, wir lehnen windschief da, wir sind sehr müde. Ich streiche mit der Hand über den struppigen blauen

Breitcord und frage mich, wie viele Verstrickungen, Lösungen, Träume, wie viel Läuse, Schweigen und Hosen hier schon gelegen haben.

Und dann schlafen wir beinahe gleichzeitig ein, mein Onkel Ulrich und ich. Ich höre noch, wie er murmelt: »*Wie ist das klein, womit wir ringen, was mit uns ringt, wie ist das groß*«, und das ist jetzt definitiv Rilke, und dann rutscht mir die Zahnbürste aus der Hand, und dann träume ich auch etwas. Ich träume, dass die blaue Breitcordcouch die Ausmaße eines Blauwals annimmt. Ich träume, dass sie, mit meinem Onkel und mir darauf, langsam angehoben wird von der Flut aller Träume aller Patienten, die in diesem Zimmer erzählt wurden, und auch das Schweigen der Patienten, das Best of Schweigen aus drei Jahrzehnten, schwemmt die Couch und uns hoch. Ich träume, dass die Couch ein Herz hat, das mitunter nur zweimal pro Minute schlägt. Ich träume, dass der Seegang mäßig ist, wir dahingleiten, dass mein Onkel lächelt und »Spektakulär« sagt – und dann noch irgendetwas, das nur im Traum von Rilke ist.

Drei Dinge sind sicher im Leben

Mein zehnjähriger Sohn nimmt im Deutschunterricht gerade Sprichwörter durch und kommt nach Hause mit der Idee, die Nachbarn nach ihren Lieblingssprichwörtern zu fragen. Weil er heute etwas schüchtern ist, bittet er mich mitzukommen. Ich bin gespannt. Es gibt ja extrem unsympathische Sprichwörter. Solche, die sich, wenn jemandem etwas Ungutes passiert, naseweis und schadenfroh danebenstellen. Wie zum Beispiel der Sinnspruch, dass man den Tag nicht vor dem Abend loben soll. Was soll das? Darf man sich an einem Sonntag, den man beispielsweise mit dem Zubereiten eines mehrgängigen Menüs verbringt, nicht wortreich über das Gelingen freuen, nur weil einem womöglich am Abend die Dunstabzugshaube auf den Herd fallen könnte?

Auch *Morgenstund hat Gold im Mund* wirkt eher höhnisch, wenn man sich beispielsweise die ganze Nacht mit schwatzhaften Gespenstern herumgeschlagen hat. Ich muss beim Gold im Mund der Morgenstund immer an die Zahnzusatzversicherung denken, die ich nicht habe. Und ich möchte der Morgenstund auch nur ungern ins Maul schauen, wie man das bei einem geschenkten Gaul ja auch unterlassen sollte.

Wir fragen zuerst Achim, den Cafébesitzer unten im Haus, nach seinem Lieblingssprichwort. Er muss nicht lange nachdenken:

Alte Füchse gehen schwer in die Falle. Er sagt das, weil er schon wieder versucht, sich das Rauchen abzugewöhnen. Achim ist Mitte vierzig. Er raucht bereits seit dem Schulhof, und er will es schon lange lassen. Er hat sich akupunktieren, hypnotisieren und mit Nikotinpflastern bekleben lassen, er hat versucht, die Zigarette durch eine Karotte, eine Salzstange und einen Bleistift zu ersetzen, er hat sogar, auf Anraten eines Coaches, angefangen, einen Abschiedsbrief an seine Zigaretten zu schreiben (der Brief blieb unvollendet, weil Achims Sucht behauptet, Schreiben gehe nur mit Rauchen). Die Sucht, der steinalte, räudige Fuchs, lässt alle Fallen links liegen.

»Dankeschön«, sagt mein Sohn und schreibt Achims Sprichwort auf. Es ist das einzige, das er ohne ein eingeklammertes Fragezeichen dahinter notiert.

Als Nächstes klingeln wir beim Ehepaar Schwerters, das vor Kurzem silberne Hochzeit gefeiert hat. Die beiden wirken, als hätten sie bereits hinter der Tür gestanden und nur auf uns gewartet, denn sie sind randvoll mit Sprichwörtern. »*Ein Heute ist besser als zwei Morgen*«, sagt Herr Schwerters, »persisches Sprichwort.« Mein Sohn runzelt die Stirn. »Das stimmt aber nicht, wenn man morgen Fußballtraining hat«, findet er.

»*Warten bringt Heilung*«, sagt Herr Schwerters, »mongolisches Sprichwort.« Frau Schwerters guckt kritisch und sagt: »Nicht, wenn gerade ein Herzinfarkt aufzieht.« – »*Wo ein Wille ist, ist ein Weg*«, lädt Herr Schwerters nach. »Sag das mal zu jemandem, der im Aufzug feststeckt«, sagt Frau Schwerters, und Herr Schwerters seufzt und sagt: »Irisches Sprichwort: *Wenn du kritisiert werden willst: Heirate.*«

»*Alte Liebe rostet nicht*«, sagt jetzt Frau Schwerters. Sie sagt das aus tiefstem Herzen, und ich frage mich, ob es sich bei Frau

Schwerters alter rostfreier Liebe tatsächlich um die zu Herrn Schwerters handelt. Ich stelle mir vor, dass sie sich vielleicht vor Kurzem, im Dunstkreis der silbernen Hochzeit, mit einer längst abgelegt geglaubten Liebe zum Kaffee getroffen hat. Und dann bebten Erde, Herz und Hände, als die ganz und gar nicht abgelegte Liebe in der Cafétür erschien.

Mein Sohn notiert, und man sieht ihm deutlich an, dass er sich um die Rostanfälligkeit von Liebe noch keine Gedanken machen musste.

»Ich weiß auch noch eins«, sage ich, während wir vor der Tür von Herrn Wiesberg warten, »*Sag niemals nie.*« – »Das hab ich schon«, sagt mein Sohn. *Sag niemals nie* ist das Lieblingssprichwort meines Onkels Ulrich. Er wollte sich immer ein Plakat des gleichnamigen James-Bond-Films über seine Behandlungscouch hängen, aber leider fand meine Tante das unpassend. Mein Onkel griff zu diesem Sprichwort, wenn es galt, jemanden von irgendwoher runter- oder hochzuholen. Wenn jemand behauptete, ab heute nie wieder glücklich oder nie wieder unglücklich zu werden.

Herr Wiesberg holt erst mal eine Tüte Gummibärchen und bietet uns und sich selbst reichlich daraus an. Herr Wiesberg arbeitet beim Finanzamt. »*Zwei Dinge sind sicher im Leben*«, zitiert er, mit dem Mund voller Gummibärchen, »*eins davon ist die Steuer.*«

»Und das andere?«, fragt mein Sohn.

Herr Wiesberg hört auf zu kauen und schaut mich unsicher an, er weiß nicht, ob mein Sohn bereits darüber informiert ist, dass wir alle sterben müssen. Ich sage: »Der Tod«, und Herr Wiesberg sagt gleichzeitig: »Gummibärchen.« Mein Sohn guckt verunsichert, und Herr Wiesberg und ich sagen, wieder gleichzeitig: »Beides.«

Herr Wiesberg räuspert sich. »Ich habe mich versprochen«, sagt er, »ich meinte natürlich: *drei* Dinge.«

Auf dem Treppenabsatz begegnen wir Herrn Pohl und seinem Hund Lori. »Wir wollten gerade bei Ihnen klingeln«, sagt mein Sohn. »Ich mache eine Umfrage. Was ist Ihr Lieblingssprichwort?«

»*Tempus fugit*«, sagt Herr Pohl spontan, »die Zeit flieht. Das lässt sich sehr schön an dir beweisen«, sagt er zu meinem Sohn, »gestern saßt du noch im Kinderwagen, heute machst du schon Umfragen.«

Und wieder guckt mein Sohn kritisch, und ich ahne, was hinter seiner zehnjährigen Stirn gedacht wird: Das stimmt nicht, wenn man auf das nächste Fußballtraining wartet, es stimmt nicht, wenn man angehalten ist, sein Zimmer aufzuräumen, und beim Matheüben stimmt es schon mal gar nicht.

Ich schaue meinem Sohn, der eben noch im Kinderwagen saß, beim Notieren zu. Die Zeit flieht, schreibt er, und dann, in Klammern, zwei Fragezeichen dahinter.

Herr Pohl und ich sind noch ungefähr zweieinhalb Köpfe größer als mein Sohn. Von hier aus können wir sie fliehen sehen, die Zeit.

Ich bebe mich durchs Leben

Mein Freund Vadim sitzt vor mir, und seine Hände zittern. Wir sitzen in Vadims Haus am Kamin, es ist warm und es gibt, soweit man sehen kann, keinen Grund für Vadims Hände zu zittern. Trotzdem tun sie das, und zwar so, als sei Vadim eben erst dem Leibhaftigen oder einer kolossalen Liebe begegnet. Es sind aber nur wir beide hier, und wir waren einander früher mal eine mittlere Liebe, das war während unseres Studiums und ist also über zwanzig Jahre her.

Den ganzen Tag lang haben wir viel geredet, weil wir uns nur selten sehen. Jetzt reden wir nicht mehr, weil Vadim über ein neues Theaterstück nachdenken muss und ich über ein neues Buch. Ich denke aber lieber über Vadim nach.

Es ist nicht ungewöhnlich, dass Vadiums Hände so zittern. Sie zittern am Kamin, sie zittern, wenn er Tee kocht, wenn er Kartoffeln schält, nachdenkt, wenn er im Supermarkt ist, im Wald, in der Straßenbahn, sie zittern permanent. Vadim ist ein paar Mal gründlich untersucht worden, aber man hat in seinem ganzen Körper nie einen Grund zum Zittern gefunden. Als wir uns kennenlernten, plagte Vadim sein anlassloses Zittern, weil er sich viele Gedanken darüber machte, was die Leute denken. Die Leute denken, dachte Vadim, dass er sehr nervös ist oder sehr ängstlich oder Trinker, und er bestellte nie Suppe, wenn wir essen waren, und nie Getränke, die in Gläsern mit Stiel serviert wurden.

»Es muss irgendwie aufhören«, sagte er damals zu mir, »ich halte nicht aus, was die Leute denken.« Ich weiß noch, wie ich naseweis sagte: »Du weißt doch gar nicht, was die Leute denken, es sind nur deine Gedanken über das, was die Leute denken könnten«, und ich glaube, ich schob noch hinterher: »Es ist doch auch ganz egal, was sie denken.«

Das war reine Großspurigkeit. Am nächsten Tag machte ich mit Kommilitoninnen in der Mensa einen dieser unsäglichen Psychotests in einer Zeitschrift. Eine Frage lautete: »Wie wichtig ist Ihnen, was andere über Sie denken?« – »Sehr wichtig«, wollte ich sagen, aber stattdessen log ich: »Überhaupt nicht wichtig«, weil mir wichtig war, was die Kommilitoninnen über mich dachten.

Weil es keine organische Ursache für Vadims Zittern gab, kam er schließlich aufs Psychische und beschloss, eine Verhaltenstherapie zu machen. Die Psychoanalytiker in meiner Verwandtschaft hielten damals alle nicht viel von Verhaltenstherapie. Sie rümpften die Nase, als Vadim von seinen Verhaltenstherapieplänen erzählte, sie schauten Vadim an, als habe er gerade mitten in einer Wagneroper gesagt, dass er den Soundtrack von *Dirty Dancing* gehaltvoller findet.

In seiner Verhaltenstherapie musste Vadim das Zittern auf die Spitze treiben, er musste die angeblichen Gedanken der Leute befeuern. Er musste aus therapeutischen Gründen am Vormittag Dosenbier kaufen und an der Kasse das Portemonnaie in der Hand so zittern lassen, dass es auf den Boden fiel. Er musste in der Mensa Kartoffelsuppe über den ganzen Tisch verteilen. Ich überlegte, den Verhaltenstherapeuten wegen seelischer Grausamkeit anzuzeigen, doch Vadim machte das alles zwar unter Qualen, aber mit Feuereifer und lernte, dass die Leute meistens nicht nur nichts Schlimmes, sondern überhaupt nichts über einen denken.

Heute nimmt Vadim seine anlasslos zitternden Hände hin. »Ich bebe mich so durchs Leben«, hat er heute früh gesagt.

Während ich hier am Kamin auf Vadims Hände sehe, fällt mir etwas ein, an das ich weit über zwanzig Jahre nicht gedacht habe. Ich erinnere mich plötzlich, dass sich, kurz bevor Vadim und ich uns trennten, ein junger Mann, ein Student wahrscheinlich, den wir noch nie gesehen hatten, zu Vadim und mir an den Mensatisch setzte. Der Mann sah ganz unauffällig aus, aber die Hände, mit denen er sein Tablett auf den Tisch stellte, waren riesig und verformt. Sie waren groß wie Kürbisse, die Finger viel zu breit, sie wirkten gelenklos, wie aufgepustete Papiertüten. Winzige Fingernägel waren wie ins Fleisch gedrückt. Der junge Mann aß mit etwas, das aussah wie eine kurzstielige Suppenkelle, weil er eine Gabel nicht hätte halten können. Ich erinnere mich plötzlich wieder, wie ich versuchte, besonders freundlich zu lächeln und nicht auf seine Hände zu schauen, ich erinnere mich, dass ich dachte, dass der Mann mein überspieltes Entsetzen über seine Hände bestimmt merkt, ich erinnere mich, dass ich auf Vadims Hände sah, die wie immer flatterten, und dass ich dachte, ich bin umgeben von verrückt gewordenen Gliedmaßen.

Ich erinnere mich, dass wir den Mann nie wiedergesehen haben.

Weil ich nie mehr, erst jetzt, an den Mann mit den abwegigen Händen gedacht habe, bin ich mir nicht sicher, ob er wirklich stimmt. Das passiert mir manchmal: Dinge sind so lange her, dass ich nicht ganz genau weiß, ob sie tatsächlich passiert sind oder ich sie geträumt oder mir ausgedacht habe.

»Vadim«, sage ich, und er schaut hoch und sieht mich an. »Kannst du dich an den Studenten erinnern, der diese riesigen Hände hatte? Der in der Mensa? Oder habe ich den bloß geträumt?« Die Frage klingt, als sei die Mensa noch nicht lange her, höchstens ein paar Monate und niemals über zwanzig Jahre.

Vadim lächelt mich an. »Wenn, dann haben wir den beide geträumt«, sagt er. »Ich kann mich gut erinnern. Wir haben ihn nur dieses eine Mal gesehen«, und plötzlich ist der Mann mit den verformten Händen nicht einer, der aus den Tiefen meines Gedächtnisses aufgestiegen ist, wie eben manchmal etwas auf- und dann wieder abtaucht. Plötzlich ist es, als sei er mir siedend heiß eingefallen, wie ein wichtiger Termin, den man vergessen hat, wie ein entfallenes Versprechen. Plötzlich will ich unbedingt wissen, was aus dem Mann geworden ist und was aus seinen Händen, plötzlich ist es ungeheuer, dass das nicht möglich ist.

Vadim legt seinen Stift weg und schaut mich belustigt an. »Deine Hände zittern«, sagt er.

Jetzt aber sofort zwei Mohnbrötchen, bitte

Neuerdings gehe ich einmal pro Woche mittags mit Herrn Pohl spazieren. Herr Pohl muss raus, weil sein steinalter Zwergpinschermischling raus muss. Ich muss raus, weil mein mittelalter unterer Rücken vehement um Unterbrechung der sitzenden Tätigkeit bittet.

Herr Pohl ist ein stiller und sehr höflicher Mensch, und meistens ist er guter Dinge. Heute aber ist er ungehalten. »Sie müssen entschuldigen«, sagt er, »ich bin gerade etwas unwirsch.«

»Nussecke?«, frage ich, denn das ist Herrn Pohls Lieblingsgebäck.

Die Schlange in der Bäckerei ist lang. An der Theke steht eine kleine alte Dame mit vielen Tüten, die längst dran wäre, von der Verkäuferin aber ständig übersehen wird, und immer, wenn die alte Dame gerade Luft holen will, um ihre Bestellung aufzusagen, drängelt sich ein anderer vor. »Entschuldigung«, rufe ich der Verkäuferin von hinten zu, »ich glaube, die Dame dort ist jetzt dran.« Die Dame schaut mich an, als hätte ich sie aus einem Sumpf gezogen. »Zwei Mohnbrötchen, bitte«, sagt sie.

Herr Pohl und ich gehen mit Nussecken weiter, und dann, im Park, kommt heraus, warum Herr Pohl so ungehalten ist. Es ist wegen etwas im Radio. Heute früh, berichtet Herr Pohl, erzählte eine Frau im Radio, dass sie vor Jahrzehnten mal eine Flugreise unternehmen wollte, und als sie schon auf der Treppe ins Flugzeug war, habe ihre innere Stimme ihr gesagt, dass sie um Himmels willen nicht in dieses Flugzeug steigen solle. Die Frau sei ihrer inneren Stimme gefolgt und habe auf dem Absatz kehrtgemacht – und dann sei die Maschine auf ihrem Flug abgestürzt. Seither, scheint es Herrn Pohl, spricht die Frau von nichts anderem mehr als ihrer gehaltvollen inneren Stimme.

»Was sagt man dazu?«, fragt Herr Pohl. Er fragt das nicht ausdrücklich mich, sondern eher in die Luft. Weil die nicht antwortet, sage ich reflexhaft: »Ist doch toll«, ich sage es zähneknirschend, weil ich immer etwas neidisch auf Leute mit glasklaren inneren Stimmen bin. Genauso neidisch bin ich übrigens auf Leute, die Sportstudios nicht nur zur Schnupperstunde aufsuchen und deswegen keine maulenden, sondern bestens gelaunte untere Rücken haben.

»Ich finde diese Frau respektlos«, sagt Herr Pohl, »und arrogant ist sie obendrein. Diese Geschichte von der rettenden inneren Stimme macht nämlich aus allen Passagieren, die in die Maschine gestiegen sind, mangelhafte Tröpfe, die außerstande waren, ihrer inneren Stimme zu lauschen.« Da hat Herr Pohl natürlich recht.

Wir schauen Lori zu, die zu überlegen scheint, ob sie einem jungen Setter nachsetzen soll. Es bleibt offen, was sie schließlich davon abhält, ihre innere Stimme oder ihre steife Hüfte.

»Darf ich Sie mal was fragen?«, frage ich. »Haben Sie eigentlich auch diese innere Stimme? Die eine, wahre, gute?«

»Nein«, sagt Herr Pohl, und er schaut dabei nicht wie ein mangelhafter Tropf, »und ich weiß auch nicht genau, was das eigentlich sein soll: die eine, wahre, gute innere Stimme.«

Ich stelle mir die innere Stimme ungefähr so vor wie die Dame in der Bäckerei, als eine Stimme also, die eigentlich längst dran wäre, die immer wieder anhebt, etwas zu sagen, und dann von stattlicheren Stimmen übertönt wird.

»Was soll denn das sein, diese innere Stimme?«, wiederholt Herr Pohl, und ich sage: »Ich weiß es nicht.«

»Ist es wirklich eine Stimme? Ich meine: *Redet* die wirklich zu einem? Muss man nicht zum Psychiater, wenn man Stimmen hört? Ist die sogenannte innere Stimme nicht vielmehr ein wortloses Dings, das ein Gefühl hochtreibt?«

Auch in Lori wird gerade ein Gefühl hochgetrieben, Panik nämlich, denn sie befindet sich irgendwo unter einem Bernhardiner.

»Ich weiß es nicht«, sage ich. Herr Pohl seufzt und sagt: »Ich dachte, Ihre Eltern sind Psychologen«, und jetzt kann ich endlich das Sprichwort zum Besten geben, das letztens die Tochter eines Orthopäden sagte, als ich ihr meinen unteren Rücken schildern wollte, nämlich: »*Die Kinder des Schusters laufen barfuß.*« Herr Pohl lächelt und zieht Lori unter dem Bernhardiner hervor.

»Und wie kommt man an diese angeblich echte innere Stimme überhaupt heran?«, fragt Herr Pohl, und weil ich nicht schon wieder sagen will, dass ich es nicht weiß, sage ich: »Zehn Jahre Meditation, nehme ich an.«

»Es ist so«, sagt Herr Pohl, »ich habe nicht nur eine, sondern eine Herde innerer Stimmen, und sie behaupten alle, *die* innere Stimme zu sein und genau zu wissen, was gut und wahr und richtig ist.« Das kenne ich. Herr Pohl bleibt stehen. »Glauben Sie, ich muss mit den ganzen Stimmen zum Psychiater?«, fragt er, und ich sage: »Wenn, dann muss ich mit. Sie haben da übrigens etwas Nussecke im Mundwinkel.«

Herr Pohl wischt sich mit seinem riesigen Stofftaschentuch über den Mund. »Vielleicht ist die eine wahre innere Stimme ja die, die zu allen anderen sagt: ›Jetzt reicht's aber auch mal‹«, schlage ich vor und male mir aus, wie die unglückliche Dame, die gleichzeitig beim Bäcker und knietief in einem Sumpf steht, ein Megafon aus einer ihrer Tüten zieht und den ganzen Verkaufsraum mit »JETZT ABER SOFORT ZWEI MOHNBRÖTCHEN, BITTE« beschallt, und alle quasselnden Vordrängler fahren erschrocken herum und sind endlich, endlich still.

»Die Frau, die nicht in das verunglückte Flugzeug gestiegen ist«, sagt Herr Pohl und nimmt Lori auf den Arm, die genug hat von stattlichen drängelnden Artgenossen, »die hatte einfach Flugangst. Und die Angst, dieses blinde Huhn, hatte ein einziges Mal im Leben recht. Und deshalb wird sie jetzt als weise innere Stimme geadelt.«

»Da haben Sie vollkommen recht«, sage ich, und Herr Pohl sagt: »Jetzt reicht's aber auch mal«, und ich denke, dass er damit das Adeln von Ängsten meint, aber er meint das Spazierengehen. Also drehen wir alle um, Herr Pohl mit seiner Verstimmung und mit Lori, ich mit meinem maroden Rücken, diesem wortlosen Dings.

Frau Wiese und die Angst vor Konflikten

Seit einer Woche ist ein neuer Mieter im Haus, er ist ganz oben eingezogen, im Dachgeschoss. »Haben Sie schon den neuen Mieter gesehen?«, antwortet meine Nachbarin Frau Wiese mit einer Gegenfrage, als ich bei ihr klingele und sie bitte, mir mit etwas Zucker auszuhelfen.

»Nein«, sage ich, »Sie?«

Frau Wiese schweigt. Auch zu meiner Zuckerfrage. Sie lehnt sich an den Türrahmen und sieht müde aus. »Der Mieter«, sagt sie schließlich, »ich kann an nichts anderes mehr denken.«

Kurz glaube ich, dass Frau Wiese sich in den neuen Mieter verliebt und sich die letzten Nächte in ungestilltem Verlangen gewälzt hat. Was man eben so glaubt, wenn man am Abend zuvor Schnulzen auf Netflix geschaut hat. Leider ist es ganz anders. Es wurde sich tatsächlich gewälzt, aber nicht in unstillbarem Verlangen, sondern in einer unstillbaren Konfliktangst.

Die kennen Frau Wiese und ich beide gut. Wir haben uns darüber ausgetauscht, als ich sie das letzte Mal um Zucker bat. »Ja«, sagen wir, wenn wir im Restaurant gefragt werden, ob uns die versalzene Suppe geschmeckt hat. »Sehr schön«, sagen wir, wenn ein Friseur uns stolz und von allen Seiten den schrecklichen Haarschnitt präsentiert, den er uns gerade verpasst hat.

Im Fall des Mieters zeigt sich, dass Frau Wieses Konfliktangst es noch ein bisschen doller treibt als meine. Frau Wiese hat den neuen Mieter noch nie gesehen, wohl aber gehört. Sie wohnt direkt unter ihm. Unser Haus ist sehr hellhörig. Ich wohne direkt unter Frau Wiese und muss mir nie den Wecker stellen, weil ich jeden Morgen von ihrem mitgeweckt werde.

Der Mieter oben, sagt Frau Wiese, ist sehr umtriebig, mit ebenso schnellen wie schweren Schritten düst er in seiner Wohnung umher und hört Musik. »Starship«, sagt Frau Wiese, »dagegen ist ja eigentlich nichts zu sagen.« Nun hätte man einfach hochgehen und den Mieter bitten können, sich selbst und Starship etwas leiser zu drehen. Das ging aber nicht, weil Frau Wiese außerstande ist, jemanden zu kritisieren. Statt hochzugehen, erzählte Frau Wiese sich, dass gegen Starship ja eigentlich nichts zu sagen ist, weil sich Dinge schönzudenken eins der oberen Gebote bei Konfliktangst ist. Außerdem, hoffte Frau Wiese, werde der Mieter schon selbst darauf kommen, dass er zu laut ist. So wie man hofft, dass ein Zahn von selbst aufhört wehzutun.

Leider kann der Mieter von oben genauso wenig Gedanken lesen wie ein Zahn. *We built this city on rock and roll,* sang Starship über Frau Wiese, und sie dachte: »Gott bewahre.«

Weil der Mieter Frau Wieses Gedanken nicht lesen konnte, drehte sich ihr eifriges Schöndenken und Überzuckern irgendwann auf die andere Seite und verwandelte sich in funkelnden Zorn. Frau Wiese ging hoch, aber nur im übertragenen Sinne. In ihrer Fantasie wurde der Mieter zu einem schwerwiegenden Unhold, der mit voller Absicht und Plateausohlen auf Frau Wieses Kopf und Seelenruhe herumtrampelte, ein Unhold von mindestens 300 Kilo, so schwer also wie Frau Wieses jäh aufschäumendes Aggressionspotenzial. Weil man aber einen so unverhältnismäßigen Zorn nicht auf einen Mieter loslassen kann, suchte der Zorn sich rasch ein neues Opfer, und das war Frau Wiese selbst. Sie fing an, sich dafür zu beschimpfen, dass das Haus so hellhörig und sie so wütend und so konfliktängstlich ist. *Nothing's gonna stop us now,* trällerte es von oben herunter, und das galt leider auch für Frau Wieses selbstbezichtigende Machenschaften.

»Sicher möchten Sie wissen, warum ich Ihnen das alles erzähle«, sagt Frau Wiese jetzt im Türrahmen, und das möchte ich tatsächlich, und Zucker hätte ich auch sehr gern. Ich rechne damit, dass Frau Wiese sagt: »Ich erzähle Ihnen das, weil Ihre Eltern doch Psychologen sind«, aber stattdessen sagt sie: »Ich dachte, vielleicht könnten ja *Sie* oben klingeln und den neuen Mieter fragen, ob er etwas leiser sein könnte.«

Als ich gerade sagen will: »Das geht aber wirklich nicht, Frau Wiese«, hören wir jemand die Treppe herunterkommen. Es erscheint der neue Mieter. Er hat deutlich unter 300 Kilo, und für Starship ist er eigentlich zu jung. »Guten Tag«, sagt er, »ich bin der Neue. Das Haus ist ja sehr hellhörig. Deshalb wollte ich mal fragen: Bin ich eigentlich zu laut?«

Dass er ausgerechnet jetzt ausgerechnet das fragt, wäre sogar in Netflixschnulzen wegen Unglaubwürdigkeit herausgestrichen worden. Frau Wiese und ich starren den Mieter an. Vor uns steht offenbar der einzige Mensch auf der Welt, der Gedanken lesen kann.

»Warum schauen Sie mich denn so an?«, fragt der Mieter zu recht.

Ich schaue Frau Wiese an, die jetzt dringend mal etwas sagen muss. Weil sie ja vielleicht auch Gedanken lesen kann, halte ich innerlich eine kleine Rede an Frau Wiese. »Dieser Mieter und seine hinreißende Frage sind ein absoluter Hauptgewinn«, denke ich inbrünstig in ihre Richtung. »Er ist ein goldenes Therapietablett, wir wollen ihn mit Ehrlichkeit belohnen, trauen Sie sich, Sie haben so viel mehr im Angebot als Zucker. Hopp, Frau Wiese!«, feuere ich sie gedanklich an.

»Ich hatte gefragt, ob ich zu laut bin«, bringt der Mieter seine Frage in Erinnerung und lächelt Frau Wiese an.

»Na ja«, sagt sie schließlich. »Ein kleines bisschen manchmal vielleicht.«

Der Mieter, nicht nur nett, sondern auch klug und langmütig, ahnt, dass für Frau Wiese dieses Ein-kleines-bisschen-manchmal-Vielleicht um die 300 Kilo auf die Waage bringt.

»Also: ja«, sagt er. »Gut, dann kauf ich mir Pantoffeln.«

Frau Wiese strahlt den Mieter an. Ich glaube, dass Pantoffeln nicht mehr nötig sind, denn Frau Wiese sieht aus, als hätte sie sich nun doch noch in den Mieter verliebt, allein weil er gefragt hat, und künftig können er und sein Starship oben herumfuhrwerken, wie sie lustig sind.

»Das ist sehr nett«, sagt Frau Wiese, »brauchen Sie zufällig Zucker?«

Die Polonaise der Patienten

Ich sitze in einem Café und überlege seit einer Stunde immer fieberhafter, woher ich den älteren Herrn kenne, der an einem Tisch schräg vor mir sitzt. Ich bin mir sicher, dass ich ihn aus irgendeiner fernen Vergangenheit kenne. Schließlich wendet mir der Herr sein Gesicht zu, nur kurz. Er erkennt mich nicht und schaut wieder anderswo hin, aber ich weiß, als ich das Muttermal auf seiner Wange sehe, schlagartig, wer er ist. Der Mann am Cafétisch vor mir war mein erster und einziger Patient.

Als ich ein Kind war, hatte mein Vater eine psychoanalytische Praxis bei uns im Haus. Sie hatte einen separaten Eingang, und um in die Praxis zu kommen, mussten die Patienten meines Vaters durch den Garten gehen. Ich musste immer aus dem Garten verschwinden, bevor die Patienten kamen; mein Vater hatte mir erklärt, dass Patienten nichts vom Privatleben ihres Analytikers wissen dürfen und daher auch nichts von mir. Weil immer von »den Patienten« die Rede war, hatte ich lange geglaubt, dass die Patienten stets alle zusammen zu meinem Vater kamen. Ich stellte mir vor, dass sie in einer stillen Polonaise, den Blick auf den Hinterkopf des Vorpatienten gerichtet, durch den Garten gingen.

Als ich zum ersten und einzigen Mal einen der Patienten traf, war ich elf Jahre alt. Es klingelte eines Nachmittags, und dass ich niemandem öffnen sollte, wenn ich allein war, fiel mir erst ein, als ich schon aufgedrückt hatte. Es stand ein Mann vor der Tür, der in meinen Augen aussah wie ein gelungener Erdkundelehrer, denn er hatte ein argentinienförmiges Muttermal auf der Wange.

»Guten Tag«, sagte der Mann, »in der Praxis macht keiner auf.« Da wusste ich, dass der Mann kein Erdkundelehrer, sondern ein Patient war (Patient sein war, glaubte ich, ein Hauptberuf), ein vereinzelter Patient, der seine Herde verloren hatte. Ich wusste, dass mein Vater ihn vergessen hatte, er war mit meiner Mutter einkaufen.

»Kommen Sie doch rein«, sagte ich, weil Erwachsene das sagten. Ich ging mit dem Patienten in die Küche, und da standen wir dann.

Die Erwachsenen, die ich kannte, wussten immer, was zu tun ist. Sie sagten: »So, jetzt machen wir erst mal das und das«, und das machte man dann mit oder nicht. Der Patient, obwohl er erwachsen war, wusste offenbar nicht, was zu tun war, weil vermutlich auch Erwachsene ratlos waren, wenn sie ihre Herde verloren hatten und überdies vergessen worden waren. Der Patient sah aus wie ein großes trauriges Tier, für das ich verantwortlich war und das ich in eine vollkommen unartgerechte Haltung verbracht hatte. Ich war noch nie für einen Erwachsenen verantwortlich gewesen, ich hatte noch nie einen Gast gehabt, den ich siezte und dem ich etwas anbieten sollte. Plötzlich fühlte auch ich mich sehr getrennt von meiner Herde.

»Möchten Sie sich vielleicht hinsetzen?«, fragte ich, und der Patient setzte sich hin. »Möchten Sie vielleicht einen Apfelsaft?«, fragte ich, und der Patient nickte, und auch das, das Hinsetzen und Nicken, tat er, als sei er ein trauriges Tier, dem ich Hinsetzen und Nicken als Kunststücke beigebracht hatte. Als ich ein Glas vor ihn hinstellte, fragte er endlich etwas, nämlich: »Wie heißt du denn?«

Ich dachte an das Privatleben meines Vaters, von dem der Patient eigentlich nichts wissen sollte, und daher auch nichts von mir. »Mein Name ist Amalia Anastasia«, sagte ich, weil ich das für einen richtig guten Namen hielt, »ich bin hier nur zum Urlaub.«

Der Patient wusste jetzt schon ziemlich viel über das Leben meines Vaters, er wusste den Flur, er wusste die Küche – und nichts bei uns sah aus wie etwas, in dem eine Amalia Anastasia Urlaub machen würde. »Ich mache nicht direkt Urlaub«, korrigierte ich mich. »Ich schaue mir nur ein paar Tage an, wie vom Glück weniger begünstigte Menschen so leben.« Ich war sehr froh, dass mir diese gediegene Formulierung einfiel, ich hatte sie aus einem der vergilbten Mädchenromane aus der Jugend meiner Mutter.

»Aha«, sagte der Patient. Er lächelte. Das war gut. »Wie heißen *Sie* denn?«, fragte ich. Der Patient nahm einen Schluck Saft und sagte leise: »Dieter.«

Weil *Dieter* ein vom Glück nicht sehr begünstigter Name war und ich fand, dass es Spaß machte, sich als jemand anderes auszugeben, als jemand Begünstigtes, ganz besonders, wenn man von seiner Herde getrennt war, fragte ich: »Sind Sie sicher?«

»Leider ja«, sagte der Patient.

»Kommen Sie nicht vielleicht eigentlich aus Argentinien?«, schlug ich vor.

»Leider nein«, sagte er, und ich wünschte, mein Vater würde endlich nach Hause kommen. Es war mir egal, dass dann Amalia Anastasia auffliegen würde; mein Vater würde wissen, was zu tun ist.

»Ich geh dann jetzt mal«, sagte der Patient schließlich und stand auf. »Tschüss«, sagte er an der Tür, »danke für den Apfelsaft.« Er sah so verloren und vergessen aus, dass ich ihn am liebsten umarmt hätte, aber man umarmt keine Leute, die nichts von einem wissen sollen. Ich wurde wütend auf meinen Vater, weil er den Patienten vergessen hatte, und sagte feierlich: »Ich werde Sie niemals vergessen«, weil man das mit elf sagen kann, ohne rot zu werden; und ich habe niemals vergessen, dass ich das zu dem Patienten gesagt habe, denn er war nicht nur mein erster und einziger Patient, sondern auch der erste und bislang einzige Mensch, zu dem ich diesen Satz gesagt habe.

Hier und jetzt, im Café, werde ich ziemlich rot, als ich an den Cafétisch schräg vor meinem trete. Der ältere Herr schaut hoch und sieht mich fragend an. »Guten Tag«, sage ich, »wir haben vor sehr, sehr vielen Jahren mal zusammen Apfelsaft getrunken. Sie waren mal Patient. Sie kommen nicht aus Argentinien. Sie heißen Dieter«, sage ich. Er sagt nichts und schaut mich lange an, und ich kann sehen, wie er langsam in meinem aktuellen Gesicht mein Kindergesicht erkennt. »Sie sind Amalia Anastasia«, sagt er schließlich und lächelt, »vom Glück begünstigt«, und ich sage: »Genau die.«

Das Liebes-Grundeinkommen

Heute gehe ich zu einem neuen Friseur, weil er der Einzige ist, der spontan Zeit hat. Wenn ich mich zu einem Friseurbesuch durchringe, muss der noch am gleichen Tag stattfinden, sonst überlege ich es mir anders.

Mein Onkel Ulrich ruft an, ich sage: »Ich kann jetzt nicht, ich muss leider Gottes zum Friseur.« Er erzählt, dass früher, als er noch Psychoanalytiker war, die Friseurbesuche seiner Patientinnen oft mindestens eine Therapiesitzung in Anspruch nahmen. Männliche Patienten erwähnten ihre Friseure nicht weiter, was daran liege, dass es für Männer nur circa zwei mögliche Haarschnitte gebe. Für Frauen, erzählte Ulrich, spiele sich beim Friseur mitunter das Drama ihres Lebens nach. Man hat dem Friseur genau gesagt, wie man sein Haar haben möchte, aber er hat nicht zugehört oder einen nicht verstanden und hat einem etwas ganz anderes an den Kopf geschnitten, und dann läuft man unverstanden und entstellt und wie mit Pech begossen nach Hause. »Also dann, viel Glück«, sagt Ulrich, »und ruf mich bloß nicht hinterher an. Ich bin in Rente.«

Ich habe keine Angst vor Dramen beim Friseur, ich finde Friseurbesuche einfach nur sehr lästig. Sobald ich mich auf den Haarschneidestuhl setze, überfällt mich gähnende Langeweile.

Ich möchte nicht mindestens eine Dreiviertelstunde lang in einen Spiegel starren, die *Gala* habe ich immer schon im Wartezimmer des Physiotherapeuten gelesen, und ich möchte mich auch nicht über Fluch oder Segen meiner Haarstruktur unterhalten. Am liebsten wäre mir, wenn ruckzuck und schweigend das Fisseligste abgeschnitten würde.

Der Friseur, der spontan Zeit hat, sieht teuer aus, und es hängt keine Preistafel im Fenster. Ich denke daran, wie ich mal als Kind mit meiner Großmutter vor einem sehr edlen Boutiquenschaufenster stand, und meine Großmutter sagte: »Wenn kein Preisschild drunter liegt, kosten die Sachen so viel wie ein Helikopter.«

Ich nehme Platz, der Friseur lächelt mich im Spiegel an. Die Frisur des Friseurs sieht aus, als habe nicht ein Kollege sie angefertigt, sondern ein Konditor. Er fängt an zu schneiden, und ich bin dankbar, dass er sich nicht unterhalten will. Ich starre in den Spiegel, aber nur kurz, denn daneben hängen gerahmte Sinnsprüche. Direkt auf meiner Augenhöhe steht: *Nur, wer sich selbst bedingungslos liebt, kann auch andere bedingungslos lieben.*

Weil ich wegen des lästigen Haareschneidens sowieso schon auf Krawall gebürstet bin, fange ich an, mich ausführlich über diesen Satz zu ärgern. Und wieder kommt mir meine Großmutter in den Sinn. Meine Großmutter hat sich garantiert nicht bedingungslos geliebt. Uns andere hat sie aber trotzdem einwandfrei lieben können.

»Das wäre toll, oder?«, sagt plötzlich eine Stimme neben mir. »Ein bedingungsloses Grundeinkommen an Liebe.« Ich schaue so abrupt nach links, dass der Friseur erschrocken seine Schere wegzieht. Die Frau auf dem Stuhl neben mir hat das gesagt, es ist eine ältere Dame mit Alufolie im Haar. Sie sieht ein bisschen wie meine Großmutter aus, und die Alufolie auf ihrem Kopf glitzert wie ihr Satz vom Liebesgrundeinkommen.

»Also«, sagt die Dame, »*ich* liebe mich eindeutig nicht bedingungslos.«

Jetzt bin ich plötzlich doch gerne beim Friseur. »Ich mich auch nicht«, sage ich.

Wenn ich zum Beispiel jemanden oder mich selbst sehenden Auges hinters Licht führe, wenn ich meinen Mut nicht zusammennehme, sondern ihn verstreut herumliegen lasse, wenn ich schon am Morgen innerlich herummäkele, wenn ich meinen Sohn anherrsche, obwohl ich eigentlich gar nicht auf ihn, sondern auf einen Abgabetermin wütend bin, wenn ich »Ja, natürlich« sage, obwohl ich eigentlich »Um Gottes willen, bloß nicht!« sagen will, ist meine Zuneigung zu mir überschaubar.

»Wenn wir uns aber bedingungslos lieben würden, würden wir vielleicht weniger innerlich und äußerlich herummäkeln«, sagt die glitzernde Dame neben mir, und da hat sie natürlich recht.

Ich erzähle ihr, dass meine Großmutter einmal nach einem Friseurbesuch vergeblich darauf gewartet hatte, dass ihre Nachbarin sie wie versprochen abholte. Die Nachbarin war nicht erschienen, weil ihr Therapeut ihr bedingungslose Selbstliebe verordnet hatte, und das bedeutete, mehr auf ihre Bedürfnisse zu achten, und das Bedürfnis, durch den Regen zu fahren und meine Großmutter einzusammeln, verspürte die Nachbarin nicht, deshalb stand meine Großmutter eine Stunde lang vor dem Friseur herum, mit einer Gehhilfe und einer zügig in sich zusammenfallenden violetten Dauerwelle.

»Egoismus ist natürlich das Gegenteil von Selbstliebe«, sagt die Dame.

»Was sind Sie, wenn ich fragen darf?«, frage ich und tippe auf Therapeutin oder Pfarrerin. »Vermögensberaterin«, sagt die Dame, »schön, Sie kennenzulernen.«

»Ganz meinerseits«, sage ich, und: »Der Satz ist trotzdem unter aller Kanone, weil er Bedingungslosigkeit als Bedingung stellt.« Die Dame sagt: »Stimmt«, der Friseur sagt, etwas indigniert: »Na gut, ich hänge ihn ab.« Dann sagt er: »Fertig«, und das ging jetzt sehr schnell.

»Hundert Euro«, sagt er an der Kasse. Das ist für einen Haarschnitt viel. Für eine Vermögensberatung ist es fast geschenkt.

Zeuginnen von Glück und Unglück

Heute hatte ich eine Veranstaltung in Koblenz und übernachte bei meiner Freundin Julia. Wir sind in ihrer Wohnküche, ich schneide Zwiebeln fürs Abendessen. Julia sitzt auf dem Boden vor einer Kommode, die sie noch schnell fertig streichen muss, Julia ist Tischlerin. Wir sind seit langer Zeit zum ersten Mal allein zusammen, weil Julias Mann und ihre Kinder in den Ferien sind.

Ich kenne Julia seit über zwanzig Jahren. Wir haben uns während des Studiums kennengelernt. Auf einer Exkursion saßen wir zufällig nebeneinander im Reisebus. Mit einer Zutraulichkeit, die ebenso selbstverständlich wie erstaunlich war, fingen wir ansatzlos an, uns unser bisheriges Leben zu erzählen – es gab nichts, was zu früh gesagt werden konnte. Die ganze mehrstündige Busfahrt über erzählte mal die eine, und die andere hörte fieberhaft zu, dann ging es umgekehrt. Und immer wieder schien es, als habe die, die gerade erzählte, etwas Wesentliches über ihr Leben bisher nur nicht verstanden, weil sie auf die andere gewartet hatte, die es meisterhaft erklärten konnte.

Mit dieser Unterhaltung haben wir nie aufgehört. Wir sitzen immer noch immer wieder in diesem Bus, obwohl wir weit voneinander entfernt leben.

Während ich die Zwiebeln schneide und zwischendurch Julia beim konzentrierten Streichen zuschaue und ihrer vorlauten Wanduhr zuhöre, die alle halbe Stunde einen anderen Vogelgesang abspielt, denke ich darüber nach, warum unsere Freundschaft so lang so gut gelingt, warum keiner von uns im Traum einfiele zu sagen: Jetzt war das aber lang genug mit dir.

Ein Grund, warum es gar nicht lang genug sein kann, ist, dass das Essen nicht auf dem Tisch stehen und der Boden nicht gewischt sein muss, wenn die eine bei der anderen auftaucht. Man wird umstandslos ins akute Leben reingemischt: Als Julia letztens bei mir auftauchte, musste ich noch schnell einen Text fertig schreiben, und sie hat derweil mit meinem Sohn Hausaufgaben gemacht.

Ein weiterer Grund ist die Tatsache, dass unsere Freundschaft nicht jede Woche aufgeladen werden muss. Unsere Freundschaft ist wie eine innere Landschaft, die man durchwandern kann, auch, wenn man allein ist. Manchmal melden wir uns wochenlang nicht beieinander, und trotzdem zerbricht am längeren Schweigen nichts. Wenn ich nach einiger Zeit bei Julia anrufe und sage: »Du glaubst nicht, was passiert ist«, sagt sie: »Erzähl«, und ich kann hören, wie sie alles stehen und liegen lässt und mitfiebert. Seit Jahrzehnten teilen wir unsere Leben mit, und immer war die eine zumindest innerlich dabei, wenn die andere an einer dramatischen Weggabelung stand: an einer dieser großen Kreuzungen mit Wegweisern, die nach alter Wegweiserart ein Pokerface tragen und keinen Hinweis darauf geben, in welche Richtung man sich wenden soll. Wir haben uns an diesen heiklen Kreuzungen beigestanden, oft stillschweigend, und Ratschläge nur auf ausdrücklichen Wunsch erteilt. Weil wir uns so lange kennen, sind wir gegenseitig Zeuginnen unserer Glücke und Unglücke geworden. »Erinnere dich, da bist du schon mal langgegangen«, können wir auf Nachfrage sagen, »du musst da nicht mehr hin, die Strecke kennst du schon, es ist dort ziemlich finster.« Oder: »Erinnere dich, du konntest das schon mal, also du wirst es wieder können.«

Ich weiß nicht, ob Freundschaften einfacher aufrecht zu halten sind, wenn man nicht in der gleichen Stadt wohnt. Wenn man sich nicht oft sieht, kann man sich einerseits leichter verloren gehen, andererseits hat man weniger Gelegenheit, sich danebenzubenehmen. Es gibt vieles, was ich an Julia nicht fassen kann: ihre bekloppte Wanduhr, ihre viel zu lange Beziehung mit einem gehässigen Oberstudienrat vor fünfzehn Jahren, ihr Hantieren mit Kräutlein und Suden, wenn sie krank ist, ihr staunenswertes Vermögen, stundenlang mit Menschen zusammen zu sein, ohne das Bedürfnis zu haben, dringend mal wieder für sich sein zu müssen, ihre ebenso unverbrüchliche wie absolut unerklärliche Liebe zur Musik von Marius Müller-Westernhagen, ihre Ungeduld, ihre Brille (es ist eine mit Strass). Und natürlich gibt es eine Liste mit Dingen, die Julia an mir unfassbar findet: meine sehr begrenzte Freude an Geselligkeit zum Beispiel oder meinen Hang zum Herumpsychologisieren, meine unverbrüchliche Liebe zu Melissa Etheridge, meine sehr überschaubaren Kochkünste, mein Eiertanz um heiße Breie, meine unkritische Haltung zur Schulmedizin, meine Begeisterung für Hunde aller Art. All das sind aber Kinkerlitzchen, all das kann uns nicht dazwischengrätschen, weil wir nicht zusammenleben.

Noch ist nichts dazwischengegrätscht, denke ich plötzlich, während ich die letzte Zwiebel zerstückele. Man weiß ja erfahrungsgemäß nie. Vielleicht fällt es Julia doch noch und nicht nur nicht im Traum ein, mich zu verlassen, und allein bei dem Gedanken rutscht mir das Herz in die Hose. Vielleicht ist es ihr irgendwann doch genug mit mir, weil ich irgendwann einmal zu oft Bernhardiner oder Paracetamol anpreise, oder weil eines Tages jemand neben ihr in einem Bus Platz nimmt, der ihr plötzlich nähersteht als ich. Marius Müller-Westernhagen zum Beispiel.

Julias Wanduhr gibt einen schrillen blechernen Ton von sich, der wahrscheinlich ein Amselgesang sein soll. Sie steht auf, wäscht ihre Pinsel aus und stellt eine Pfanne auf den Herd.

»Was guckst du denn so?«, fragt sie.

»Ich habe gerade über uns nachgedacht«, sage ich, »darüber, was eine gute Freundschaft ausmacht«, und Julia sagt: »Erzähl.«

»Zeugenschaft, Anfeuerung, Beistand, Vertrauen«, sage ich etwas schal.

»Und gut geschnittene Zwiebeln«, sagt Julia und deutet auf mein Zwiebelgemetzel. Sie lächelt mich an, und so, wie sie lächelt, ist es sehr wahrscheinlich, dass sie mich so bald nicht verlassen wird.

Wir kochen, wir essen, wir erzählen, und dann, spät am Abend, hängt Julia die Wanduhr ab und sperrt sie in die Kammer, damit ich schlafen kann.

Eine kapitale Unrast

Eines meiner Lieblingswörter ist »Unannehmlichkeit«. Obwohl es ja wortwörtlich etwas meint, das zu groß ist, um es einfach an- oder hinnehmen zu können, wird es heute vor allem als Bezeichnung für Kinkerlitzchen benutzt: Eine Unannehmlichkeit hat zum Beispiel eine Hochadlige, wenn sie damit klarkommen muss, dass man ihr zum Frühstück die falsche Konfitüre kredenzt hat.

Wenn die Deutsche Bahn Verspätung hat, entschuldigt sie sich bei den Reisenden stets standardmäßig für »die entstandenen Unannehmlichkeiten« und suggeriert damit, dass sie statt Schwierigkeiten bloß Geringfügigkeiten hat entstehen lassen. Ich fahre derzeit oft mit der Bahn, und meine standardmäßige Unannehmlichkeit ist, dass ich es bei Bahnverspätungen vor Veranstaltungen nicht mehr ins Hotel schaffe und mich auf dem Bahnhofsklo umziehe. Mittlerweile habe ich Übung darin: Ich weiß, wie ich den Koffer in der Kabine positionieren muss, ohne dass beim Öffnen das Klo im Weg ist, ich kann, auf Strümpfen im Koffer stehend, mittlerweile sogar recht würdevoll Hosen wechseln, und ich habe gelernt, dass man beim Umziehen auf Bahnhofstoiletten konsequent und von Anfang an durch den Mund atmen muss.

Heute ist es etwas anders. Heute ist einer der Tage, die von früh bis spät an einem herumnörgeln. Einer der Tage, in deren Augen man alles Mögliche nicht schnell und nicht gut genug macht – und der Umstand, dass es gar nicht der Tag ist, der herumnörgelt, sondern man das ganze Genöle hauptsächlich selbst fabriziert, macht den Tag nicht ansehnlicher, und die Bahnverspätung natürlich auch nicht.

Mein Koffer ist sehr groß und die Toilettenkabine dementsprechend kleiner als sonst. In der Kabine links von mir sitzt offenbar eine Steuerberaterin auf der Toilette; eine Frau jedenfalls, die mit lauter Stimme jemandem telefonisch eine Umsatzsteuervoranmeldung nebst Mahngebühr erläutert. »Umsatzsteuervoranmeldung« ist keins meiner Lieblingswörter, »Mahngebühr« erst recht nicht. »Mahngebühr« ist eine Art Schlüsselreizwort, das, besonders an Tagen wie diesem, bei mir sofort ein Gefühl von Versäumnis und Lebensuntüchtigkeit auslöst. Ich fühle mich bei dem Wort »Mahngebühr« immer gemeint, auch wenn es sich auf einer anderen Toilette befindet.

Die mutmaßliche Steuerberaterin hat von Berufs wegen keine Probleme mit der Mahngebühr. Sie kann sogar Wasser lassen, während sie darüber spricht, sie pinkelt mitten in das Wort »Mahngebühr« hinein.

Während sie das tut, finde ich im Koffer meine Veranstaltungsbluse nicht, und als ich sie schließlich habe, fällt sie vor lauter Hektik auf die Klobrille, und bei dem Versuch, sie vor dem Hineingleiten in die Toilette zu bewahren, poltere ich gegen die Kabinentrennwand.

Die Steuerberaterin fragt: »Alles in Ordnung da drüben?«

»Ja«, antworte ich, »ich bin nur etwas in Hektik.«

»In der Ruhe liegt die Kraft«, sagt die Steuerberaterin, sie sagt das zu mir, freundlicherweise, aber bestimmt hat auch der Mensch mit der Umsatzsteuervoranmeldungsmahnung etwas davon.

Ich setze mich auf den Klodeckel und knöpfe meine Bluse zu. In der Ruhe liegt die Kraft, da liegt sie momentan nicht besonders günstig, denn die Ruhe habe ich offenbar zu Hause gelassen, deshalb habe ich auf die darin befindliche Kraft keinen Zugriff.

Bei Hektik fühlt man sich gleichermaßen getrieben und vernagelt. Ich atme durch den Mund und muss an die soziale Phobie meines Nachbarn Herrn Pohl denken. Wen auf einem Bahnhofsklo, eingekeilt von einem Koffer und einer kapitalen Unrast, keine soziale Phobie anweht, dem ist nicht mehr zu helfen.

Als ich fertig umgezogen bin, steht die Steuerberaterin schon vor einem der Waschbecken und frischt ihr Gesicht auf. Ich erkenne sie an ihrer Stimme, denn sie redet immer noch mit dem umsatzsteuerlich angemahnten Jemand. Die Steuerberaterin ist gewieft im Schminken und bestens ausgerüstet, allein ihre Lippen bepinselt und besalbt sie gekonnt mit drei verschiedenen Produkten. Mein Gesicht hat die Farbe von jemandem, der den ganzen Sommer in einer Bahnhofstoilettenkabine verbracht hat – und jetzt reicht es mir. Ich beschließe, diesem unsinnigen Tag doch noch eine gute Geschichte abzuringen. Deshalb werde ich die Steuerberaterin jetzt fragen, wie man gekonnt Rouge aufträgt. Ich stelle mir vor, wie sie mir das geduldig erklärt, wie sie ihrem Schminkbeutel Sätze über Ruhe und Kraft entnimmt und andere edle Produkte, wie sie das alles auf mein Gesicht tut, bis es rosig aussieht und so, als habe es nie irgendwelche Mahnungen gegeben.

Ich stelle mir vor, wie sie mir, nachdem sie mir das Rouge erklärt hat, auch das Steuerwesen virtuos auseinandersetzt, wie sie sagt: »Übrigens, Mahnungen sind auch nur Menschen«, und über all dem vergessen wir Zeit und Gestank, und später kann ich zu Hause erzählen: »Stellt euch vor, heute hat mich auf dem Bahnhofsklo eine Steuerberaterin geschminkt.«

Die Steuerberaterin hat ihr Telefonat beendet. »Entschuldigen Sie«, sage ich, »könnten Sie mir vielleicht kurz erklären, wie man Rouge aufträgt?«

Die Steuerberaterin dreht sich zu mir um und schaut mich an, ihr Blick ist ausdruckslos, vielleicht, denke ich, störe ich sie, vielleicht telefoniert sie doch noch; bei Leuten mit Knopf im Ohr weiß man ja nie, ob sie gerade jemand Unsichtbarem zuhören.

»Na, auf die Wangen halt«, sagt die Steuerberaterin achselzuckend und geht davon. Ich schaue ihr nach, dann wieder in den Spiegel, ich sage: »Entschuldigen Sie bitte die Unannehmlichkeiten.«

Das angepampte Herz

Heute eskortiere ich mein fünfjähriges Patenkind Ben zu seinen Großeltern, wir fahren mit dem Zug von Berlin nach Cottbus. Wie jedes Kind stellt auch Ben gern unvermittelt große Fragen, und als wir in der Schlange vor der Bahnhofsbäckerei stehen, die eigentlich keine Schlange ist, sondern ein unübersichtlicher Pulk, fragt mich Ben: »Wie fangen eigentlich Kriege an?«

Ich bin mit der Backwarenauslage befasst und sage ungenau: »Kriege fangen an, wenn Leute in Streit geraten.« Ben nickt. Eine der Verkäuferinnen hinter der Theke schaut mich an und fragt: »Was darf's denn sein?«

»Die beiden bitte«, sage ich und deute auf irgendwas mit Käse, und dann sagt ein Mann, von dem ich zu diesem Zeitpunkt noch nicht weiß, dass ihn der Himmel oder sonst etwas Imposantes schickt, ziemlich laut: »Moment! Entschuldigen Sie mal.«

Ich drehe mich um. Der Mann steht schräg hinter mir und funkelt mich an. »Was glauben Sie eigentlich, wer Sie sind?«, fragt er. »Dass Sie die Stirn besitzen, sich hier einfach vorzudrängeln?«

»Ich habe mich nicht vorgedrängelt«, sage ich, »ich habe Sie nicht gesehen. Entschuldigung.« Der Mann will das offenbar nicht hören, denn er legt sofort nach: »Finden Sie, dass Sie ein gutes Vorbild für Ihren Sohn sind, wenn Sie sich einfach so vordrängeln?«

»Das ist nicht mein Sohn, das ist mein Patenkind«, sage ich, als täte das irgendwas zur Sache, und der Mann sagt: »Sie sind wirklich kein gutes Vorbild«, dann schweigt er, und ich schweige auch.

Manche Leute können, wenn sie angepampt werden, sofort und auf das Schlagfertigste zurückpampen, und Minuten später ist die ganze Motzerei vergessen. An mir fließt derartige Pampe leider nicht ab. Wann immer mich jemand nebenbei und zu Unrecht beschimpft – entnervte Kassierer, maulende Busfahrer, wütende Bäckereikunden – klebt das an mir wie Pech, und jedes Mal suche ich noch lang und mit empört wummerndem Herzen nach einer schlagfertigen Antwort, für die es längst zu spät ist. Die schöne Kehrseite dieser Medaille ist: auch beiläufige Freundlichkeiten bleiben an mir kleben. Als ich letztens telefonisch ein Taxi bestellte und die Frau in der Taxizentrale sagte: »Sie haben eine schöne Stimme«, dachte ich noch Stunden später versonnen daran zurück. Das geht nicht nur mir so. Vor ein paar Tagen bot ich einer klapprigen Dame an, ihr die Einkauftüten ein Weilchen zu tragen, und hinterher sah sie mich an, als hätte ich ihr nicht ihre Tüten die Straße runter, sondern sie selbst durchs Leben getragen. Nebenbei ausgeteilte Freundlichkeiten können sehr nachhaltig sein, nebenbei ausgeteiltes Gemotze leider auch.

Ben und ich gehen zum Bahnsteig. »Was ist denn ein Vorbild?«, fragt Ben, weil auch er neben seinem Käsebrötchen noch den Mann aus dem Bäckereipulk mit sich herumträgt, den ganzen Mann samt seinem Gepampe. »Ein Vorbild ist jemand, der Sachen gut macht, so, dass man denkt: So will ich das auch mal machen«, sage ich. »Schmeckt's?«

Ben nickt. Dann zeigt er hinter mich und flüstert erschrocken: »Schau mal. Da.« Wir stehen im Gleisabschnitt B, und im Gleisabschnitt D steht unser wütender Mann aus dem Pulk.

Ich nehme Ben und den Koffer an die Hand. »Komm, Patenkind«, sage ich, »wir gehen jetzt noch mal zu dem hin.«

»Lieber nicht«, sagt Ben, vermutlich, weil er einen Krieg fürchtet. »Mach dir keine Sorgen«, sage ich, »das wird gut«, obwohl ich zu diesem Zeitpunkt natürlich nicht ahne, dass es tatsächlich gut wird, sehr gut sogar. Zu diesem Zeitpunkt kann es durchaus noch sein, dass wir erneut mit Pech begossen werden, dass der Mann noch einen Zahn zulegt, dass er herumhüpft wie ein Rumpelstilzchen, wie ein zu Unrecht angepamptes Herz.

»Na gut«, sagt Ben schließlich, und wir gehen hin. Wir gehen hin, weil mich der Mann an meine Vorbildfunktion erinnert hat. Wir gehen hin, weil ich dem Mann seine Unfreundlichkeit nicht durchgehen lassen, weil ich seiner Erzählung dazwischenfunken will, einer großmäuligen Erzählung, die behauptet, dass er umgeben ist von einer sich ständig vordrängelnden Welt. Wir gehen hin, weil ich heute Nacht nicht in die Dunkelheit starren und Sätze denken will, die mit »Hätte ich doch« oder »Wäre ich doch« anfangen. Ich will mir das ersparen und dem Mann auch, denn vielleicht würde, wenn wir nicht hingingen, auch der Mann heute Nacht in die Dunkelheit starren und denken: »Wäre ich heute an der Bahnhofsbäckerei doch nicht so ein Arschloch gewesen.« Und genau darum geht es doch, denke ich, als wir uns Gleisabschnitt D nähern: Tage so zu gestalten, dass man hinterher nicht in die Dunkelheit starren muss, umstellt von vorwurfsvollen Konjunktiven.

Der Mann sieht nicht gewaltbereit aus. Er sieht aus, als säße ihm seine Pampigkeit in der Kehle wie Sodbrennen. Als wir plötzlich vor ihm stehen, lächelt er uns überrascht an. Ich lächle nicht zurück. »Was ich noch sagen wollte«, fange ich an. »Ich habe mich wirklich nicht vorgedrängelt. Ich habe Sie nicht gesehen. Sie haben mich vorhin zu Unrecht beschimpft.«

»Das stimmt«, sagt der Mann, er sagt es erleichtert, und mir wird klar, dass wir tatsächlich auch ihn vor nächtlichem Starren bewahrt haben. »Entschuldigung«, sagt er, »ich war eigentlich wegen etwas ganz anderem verärgert. Es tut mir leid, dass ich das an Ihnen ausgelassen habe.« Und dann schütteln wir uns die Hände, ziemlich lange, wie zwei Staatsmänner für die Kamera, und die Kamera ist in dem Fall Ben. Er schaut von einem zum andern, als hätten wir soeben einen Krieg verhindert. »Auf Wiedersehen«, sagen wir schließlich alle drei, und auf dem Rückweg in unseren Gleisabschnitt kommen Ben und ich uns seltsam schwer vor, auf gute Weise sehr schwer, schwer wie der einfahrende Regionalzug.

Frau Wiese ist verliebt

Meine Nachbarin Frau Wiese ist verliebt, das sieht ein Blinder. Ich meine das wortwörtlich. Als Frau Wiese im Vollbewusstsein ihrer brandneuen, haushohen Liebe durch den Flur schwebt, stehe ich mit der blinden Frau Dr. Jahn aus dem Erdgeschoss vor den Briefkästen. Als Frau Wiese an uns vorbeigeschwebt ist, schaut Frau Dr. Jahn ihr lange hinterher, ohne sie zu sehen, und fragt dann: »Ist Frau Wiese frisch verliebt?«

»Aber hallo«, sage ich.

Was mich an Frau Wieses Liebesgeschichte besonders rührt, ist, dass ihr Verliebtsein sich in einer Panikattacke versteckt hatte. Vor ein paar Monaten bekam sie in der Straßenbahn plötzlich Herzrasen, Schweißausbrüche, Luftnot und einen irrsinnigen Tremor, ihr ganzer Körper bebte, und seither traute sich Frau Wiese in kein öffentliches Verkehrsmittel mehr. Frau Wiese fuhr jetzt nur noch mit dem Taxi zur Arbeit, und weil das ins Geld ging, ging Frau Wiese schließlich zu einer Verhaltenstherapeutin. Luftnot bekam sie auch da, erzählte Frau Wiese, denn die Verhaltenstherapeutin war Kettenraucherin, ihre Praxis war vollständig zugequalmt. »Entschuldigen Sie bitte, aber ist das überhaupt erlaubt«, war es aus Frau Wiese am Ende der ersten Sitzung herausgeplatzt, »dass Sie während Ihrer Sitzungen rauchen?«

Die Therapeutin blies einen exzellenten Rauchring in die dicke Luft. »Sie müssen mich schon nehmen, wie ich bin«, sagte sie zu Frau Wiese. »Ich nehme Sie ja auch, wie Sie sind, Sie Hasenfuß.« Frau Wiese war zu Recht brüskiert, aber auch ein bisschen beeindruckt.

Nach guter Therapeutenart fragte die Therapeutin, wann die Panik zum ersten Mal aufgetreten sei. »Auf der Fahrt zur Arbeit«, sagte Frau Wiese. »Was ging Ihnen kurz vorher durch den Kopf?«, fragte die Therapeutin. Frau Wiese antwortete: »Schneppi ging mir durch den Kopf«, und ihre Augen leuchteten. Die Therapeutin beugte sich vor und blitzte Frau Wiese an. »Was ist Schneppi?«, fragte sie, und Frau Wiese erzählte von ihrem Arbeitskollegen Herrn Schnepp, Schneppi genannt, den sie jeden Morgen in der Straßenbahn treffe. Sie erzählte von Schneppis makelloser Schönheit: Gewitterblaue Augen habe er und einen Wuchs wie eine Zypresse, volles rabenschwarzes Haar, und klug sei er und lustig und einfach rundweg wunderbar.

»Luftnot, Schweißausbrüche, Herzrasen, Tremor, Schneppi«, resümierte die Therapeutin. »Sie haben keine Panikattacke, Sie haben eingehaltene Liebe«, und ich stelle mir gern vor, dass sie dabei ihre hoffentlich in staubigen Cowboystiefeln steckenden Füße auf ihren Schreibtisch legte.

Frau Wiese beschloss, Herrn Schnepp ihre Liebe zu offenbaren, auch weil die Therapeutin versprochen hatte, dass sie dann wieder Straßenbahn fahren könne. Nachdem sich Frau Wiese die Offenbarung zweimal nicht zugetraut hatte, sagte die Therapeutin: »Betrinken Sie sich. Dann fluppt's.« Frau Wiese klingelte bei mir und fragte, ob ich Alkohol im Haus habe, sie müsse sich auf ärztlichen Rat volllaufen lassen, damit die Liebe herausfluppen könne. Unter dem Einfluss einer Flasche schweren Rotweins schaffte es Frau Wiese endlich, die Liebe nicht mehr einzuhalten, sondern sich Herrn Schnepp zu offenbaren. Zum Glück rannte sie da sperrangelweit offene Türen ein, und seither gibt es kein Halten mehr. Die Panikattacke in der Straßenbahn ist von gestern, allerdings hat Frau Wiese jetzt angefangen zu rauchen.

Letzte Woche bin ich Herrn Schnepp zum ersten Mal auf der Treppe begegnet. Sein Wuchs war in meinen Augen nicht der einer Zypresse, sondern der einer gebeutelten Kiefer, sein schütterer Pferdeschwanz erinnerte an das, was man nach dem Fegen aus dem Besen zupft, das mutmaßliche Gewitterblau seiner Augen war hinter einer verspiegelten Sonnenbrille verborgen, und er roch sehr stark nach einem Herrenduft im Angebot. Herr Schnepp lächelte freundlich, ich lächelte zurück. Schneppi, dachte ich, haben wir ein Glück, dass Schönheit im Auge des Betrachters liegt, hast du ein Glück, dass deine Betrachterin Frau Wiese ist, denn in deren Augen liegt deine vollumfängliche makellose Schönheit.

»Wie sieht sie denn aus, Frau Wieses Liebe?«, fragt mich Frau Jahn vor den Briefkästen. »Da gehen die Meinungen auseinander«, sage ich, »Frau Wiese sagt, er ist eine Zypresse mit vollem Haar.« Frau Wiese, die eben an uns vorbeigeschwebt ist, war eingehüllt in Herrn Schnepps heruntergesetzten Herrenduft, Reste davon liegen noch in der Luft.

Frau Dr. Jahn schnuppert und seufzt. Frau Dr. Jahn, man sieht es ihr deutlich an, ist ein bisschen neidisch auf Frau Wieses haushohes Verliebtsein. »Ich bin dieses Jahr fünfundzwanzig Jahre verheiratet«, sagt sie. »Glückwunsch«, sage ich. Und weil meine Nachbarn in letzter Zeit sehr freigiebig mit ihren Liebesgeschichten sind, erzählt Frau Dr. Jahn, die sehr nachhaltige Liebe zu ihrem Mann habe über die Jahrzehnte an Tiefe gewonnen, und das sei natürlich unschätzbar viel wert, aber heimlich hätte sie zu all der Tiefe auch gern noch mal ein bisschen mehr Höhe, »Ein bisschen mehr Bitzel«, sagt sie. Wir stehen vor den Briefkästen und vermessen verschiedene Lieben, wir prüfen Tiefe und Höhe, bis Frau Dr. Jahn sagt: »Könnten Sie mal nachsehen, ob ich Post habe?«, und mir ihren Schlüsselbund in die Hand drückt.

Ich öffne Frau Dr. Jahns Briefkasten und hoffe heimlich, dass ich darin einen Brief finde, der mit vor Aufregung zittriger Schrift an Frau Dr. Jahn adressiert wurde, ein Brief, den Frau Dr. Jahn mich sofort zu öffnen und vorzulesen bittet, ein Brief, in dem von nicht länger zurückzuhaltender Liebe die Rede ist. Im Briefkasten liegt aber nur die von Herrn Dr. Jahn abonnierte *Hörzu*. »Na ja«, sagt Frau Dr. Jahn, »ich muss dann jetzt auch mal zurück. Mein Mann wartet schon.«

»Bis bald dann«, sage ich und denke, hoffentlich wartet Herr Dr. Jahn haushoch, hoffentlich hat er Luftnot, Schweißausbrüche, Ganzkörpertremor und Herzrasen.

Als sei nie eine Träne gefallen

Meine Cousine Lydia ist Psychotherapeutin, heute hole ich sie nach Dienstschluss in ihrer Praxis ab. Lydia öffnet die Tür, wie immer trägt sie Cremeweiß. »Warte noch einen Augenblick«, sagt sie, und ich setze mich in den Praxisflur und fühle mich unwohl.

Es gibt Praxen, die so aussehen, wie man sie von Internetauftritten her kennt (also: Altbau, hell, Bücherregale, *daybed couch*, formschöne Sessel, Beistelltisch mit Tissuebox, in der ein vorgezupftes Tissue zur Benutzung ermuntert). Es gibt Praxen, die so vornehm sind, dass man sich kaum traut, seine verlausten Probleme darin Platz nehmen zu lassen. Es gibt finstere Souterrainkaschemmen, bei deren Erstbegehung man sich fragen muss, ob man wirklich einen Termin bei einem Therapeuten mit Schwerpunkt »Paare« gemacht hat oder vielmehr bei einem Mörder mit Schwerpunkt »bestialisch«. Es gibt Praxen mit präparierten Tierköpfen oder Munchs *Schrei* an der Wand, es gibt Praxen mit Hängesesseln, in denen man nur in einer Haltung sitzen kann, die vollkommene Mutlosigkeit ausstrahlt. Es gibt Praxen, in der die Couch lustige grüne Menschenfußnachbildungen aus Plastik trägt.

Die verstörendste Praxis, die ich kenne, gehört meiner Cousine Lydia. Bei Lydia hängt nichts an der Wand, und alles, buchstäblich alles, ist cremeweiß: von der Couch über den Teppich bis hin zu Lydias Haaren und ihrem Klemmblock. Lydia hat viele Patienten – trotzdem sieht es in ihrer Praxis immer aus, als sei hier nie jemand gewesen, als sei hier nie ein Wort, ein Haar, eine Träne, eine Entscheidung oder ein Groschen gefallen.

Lydia ist von gleichbleibender cremeweißer Freundlichkeit. Wir gehen in einem Park spazieren. Weil Lydia Hunde mag, schlage ich ihr vor, sich einen Hund zuzulegen. »Nein«, antwortet Lydia freundlich und schnell. »Warum nicht?«, frage ich, und dann sagt sie einen Satz, der typisch für sie ist und den ich mir hätte denken können, sie sagt: »Weil ich dann unglücklich sein werde, wenn er stirbt.«

Ich sage nichts und denke an jemanden, der jetzt sehr viel sagen würde, mein Onkel Ulrich nämlich, ebenfalls Psychoanalytiker. Ulrich liegt Lydia sehr am Herzen, und genau deshalb macht er ihr bei jeder Gelegenheit Vorwürfe. Auf jedem Familienfest rüttelt Ulrich an Lydia und ihrem Leben herum, weshalb sie immer versucht, ihm auszuweichen, bis er sie irgendwann auf dem Weg zur Toilette stellt und ihr das nichtssagende Cremeweiß ihrer Praxis und ihres Lebens vorwirft.

Lydia hat nie eine Liebesbeziehung gehabt, aus Angst, dass die irgendwann vorbei sein könnte. Es gibt viele Männer, die sich in Lydia verlieben, und einmal, das weiß ich von Onkel Ulrich, hat sie sich ebenfalls verliebt, in einen Apotheker. Über ein Jahr lang blitzte und funkelte es zwischen Lydia und dem Apotheker, bis der Apotheker irgendwann vorschlug, sich einmal außerhalb der Apotheke zu treffen: Das lehnte Lydia ab, trotz erwiesener Hochverliebtheit. Der Grund war, dass der Beginn einer Liebesbeziehung ihr Ende nach sich zieht. Lydia hat keine Kinder, weil die irgendwann das Haus verlassen. Lydia unternimmt keine Reisen, weil die vorbeigehen. »Am besten, du hörst auf zu atmen«, donnerte Ulrich letztens, »weil du ja sowieso irgendwann damit aufhören musst.«

Auf dem Fest zu Lydias vierzigstem Geburtstag hielt ihr Bruder eine Rede, er sprach von Lydias beruflichen Erfolgen und ihrer Liebeswürdigkeit. Als Ulrich Lydia nach dieser Rede stellte, sagte er: »Es wäre wirklich schön, wenn man zu deinem Fünfzigsten mehr über dich sagen könnte als nur cremeweißes Zeug. Du wirst nicht jünger und es wird Zeit, sich für das Alter mit Erinnerungen zu munitionieren.« Um ein Zeichen zu setzen, schenkte Ulrich Lydia eine Wanddekoration für ihre nichtssagende Praxis. Unglücklicherweise war es der präparierte Kopf eines Keilers.

Ich gehe neben Lydia her und stelle mir ihre cremeweiße Einsamkeit vor. Weil Lydia eine gute Therapeutin ist, kennt sie die Tricks, mit denen Leute versuchen, Vergänglichkeitsschmerzen auszuweichen, und sie weiß natürlich auch Gegenmittel. Sie weiß, wie man Leuten dabei hilft, trotz Tod und Teufel und Ablaufdaten Leben ins Leben zu bringen, das struppige Leben, das, wie Birgit Vanderbeke einmal schrieb, »immer quer durch die Modderpampe will«, auf den cremeweißen Teppich zu lassen. Vermutlich ist man besonders einsam, wenn man all die Tricks und die Tricks gegen die Tricks kennt, wenn man zwischen all den Gegenmitteln sitzt und genau weiß, was eigentlich zu tun wäre, aber immer nur anderen dieses Wissen zuspielen kann – und wenn man dann auch noch wohlmeinende Verwandte vom Fach hat, die an einem herumrütteln.

Ein Mann mit einem Hirtenhund geht an uns vorbei, er lächelt Lydia an. Der Mann könnte durchaus als Apotheker durchgehen, und der Hund wirkt besonnen. »Dieser Hund wäre perfekt für Lydia«, denke ich, »und den Mann könnte sie auch gleich mitnehmen.« Lydia ahnt, was ich denke, und sie schaut mich an, als wolle ich sie nicht mit einem Abenteuer munitionieren, sondern mit einem präparierten Keilerkopf.

Während wir weitergehen – schweigend, denn es ist alles gesagt, ihr Berufliches, mein Berufliches, und mehr gibt es nicht mitzuteilen –, hoffe ich vehement, dass Lydia ein Geheimnis hat. Eins, auf das weder Ulrich noch ich jemals kommen, das sich weit weg von der wohlmeinenden Verwandtschaft befindet, im Verborgenen, ein umfangreiches, hochgradiges, farbenprächtiges Geheimnis, das, weil es ein Geheimnis ist, nicht mal ursprünglich cremeweiß war.

Sternenhafte Unerreichbarkeit

Meine Mutter entrümpelt ihr Haus und drückt mir eine Kiste in die Arme, auf der »Kindersachen« steht. Ich vermute Playmobil, aber die Kiste ist bis zum Rand voll mit Morten Harket.

Morten Harket ist der Sänger der norwegischen Popband a-ha, die in den 1980er Jahren Furore machte. Sie machte auch in mir Furore. Ich weiß nicht mehr, wie es anfing, aber als Dreizehnjährige war ich überzeugt, dass Morten Harket die Liebe meines Lebens ist. Ich schrieb täglich mindestens ein Gedicht über ihn (oft kam irgendwas mit »sternenhafter Unerreichbarkeit« darin vor) als Dank dafür, dass er seine Lieder für mich schrieb, aus denen, fand ich, ein absolutes Verständnis für mein Seelenleben sprach.

Das Gute an sternenhafter Unerreichbarkeit ist, dass sich ein Unerreichbarer nicht danebenbenehmen kann, und so einer ist Gold wert in einer Zeit, in der sich das meines pubertären Erachtens völlig überschätzte wirkliche Leben gründlich danebenbenahm (Mathe benahm sich durch Unverständlichkeit daneben, meine Ursprungsfamilie allein dadurch, dass sie vorhanden war, und mein Körper durch Pummel- und Pickligkeit). Mein Selbstbewusstsein, in meinem wirklichen dreizehnjährigen Leben stecknadelkopfgroß, nahm in der Seelenverwandtschaft zu Morten Harket imposante Ausmaße an. Gleichmütig nahm ich es hin, als die *Bravo* meldete, Morten Harket habe jetzt eine Beziehung. Was blieb ihm auch übrig, dem armen Tropf. Er kannte mich ja nicht. Wenn er mich kennen würde, da war ich sicher, würde er sich für mich entscheiden. Selten waren Irrealiskonstruktionen ein so verlässliches Fundament für Glück.

Jeden Tag, sobald ich aus der Schule kam, beschallte ich mein Elternhaus mit a-ha und meiner Seelenverwandtschaft mit Morten Harket. Mein jüngerer Bruder flüchtete sich ins Stockholm-Syndrom und begann, alle a-ha-Lieder mitzusingen. Das hatte zur Folge, dass auch sein Beo in kürzester Zeit alle Songs mitsingen konnte. Meine Mutter wurde also vierstimmig beschallt: Es sangen gleichzeitig Morten Harket, mein Bruder, der Vogel und ich.

Egal, was meine Mutter gerade tat, ob sie Königsberger Klopse oder Schulpflegschaftsversammlungen vorbereitete, Wände verputzte, Fahrräder reparierte, Läuse auskämmte oder meinem Bruder Grundrechenarten beizubringen versuchte: Ich stand mit Sicherheit daneben und erläuterte ihr die innere und äußere Schönheit Morten Harkets oder trug ihr ergriffen meinen neuesten Übersetzungsversuch des Megahits *Take on me* vor. Meine Mutter nickte ergeben zu allem, was ich von mir gab, am Ende meiner Ausführungen schielte sie vor Erschöpfung.

Ich erinnere mich, dass der tapfere Langmut meiner Mutter nur einmal ins Wanken geriet: Wir fuhren mit meinem Onkel Ulrich im Auto zu einem Familienfest, und natürlich lief a-ha. Ich erinnere mich, dass meine seit Monaten beschallte Mutter schwächelte und sagte: »Entschuldigung, aber ich kann es einfach nicht mehr hören.« Sie drehte die Musik leiser. »Ich finde dieses Gedudel auch etwas anstrengend«, sagte Ulrich, »wie heißt der Sänger noch mal? Shorty Basket?«

Ich war empört, meine Mutter lächelte Ulrich dankbar an, und der erklärte ungebeten, warum die Sache mit Shorty Basket wichtig für meine emotionale Entwicklung sei. So eine fluffige Schwärmerei, sagte er, sei wie ein Übungsplatz für Liebe. Ich könne im geschützten Raum meiner Fantasie Gefühle ausprobieren, ohne dass sie durch Ablehnung Schaden nähmen. Zügellos könne ich vor mich hinlieben, und Shorty Basket, der arme Tropf, müsse samt seiner Unerreichbarkeit dafür herhalten. So könne ich mit gut trainierten Emotionen später in die unfluffige Realität erreichbarer Liebe hinausschreiten.

Ich verstand kein Wort. Meine Mutter fragte: »Können wir trotzdem was anderes hören? Hannes Wader zum Beispiel?«

Zweiunddreißig Jahre später, nämlich jetzt, sitze ich vor der Kiste voller alter mutmaßlicher Seelenverwandtschaft und sage zu meiner Mutter: »Das kann alles ins Altpapier.« Meine Mutter ist nicht besonders gut im Entsorgen, vor allem nicht im Entsorgen alter Liebesübungsplätze, deshalb ist sie ein bisschen wehmütig. »Er hatte eigentlich eine sehr schöne Stimme«, sagt sie.

Meine Mutter und ich erinnern uns daran, dass ich kurz vor meinem 14. Geburtstag meine Mutter mit der neuesten *Bravo* bestürmte, in der stand, dass man sich für ein Treffen mit Morten Harket bewerben könne. Meine Mutter hatte mich angeschaut, als hätte ich verkündet, mir eine Packung Roth Händle oder eine Tätowierung zu besorgen, und gesagt: »Auf gar keinen Fall.«

»Warum eigentlich nicht?«, frage ich Jahrzehnte später, während ich die vergilbten Poster zurück in ihre Kiste packe. »Weil das Ganze von seiner sternenhaften Unerreichbarkeit lebte«, sagt meine Mutter ernst, und dass es verheerend sein kann, wenn ein mit Projektionen überladenes Gespenst plötzlich im wirklichen Leben steht. Das sei, sagt sie, als würde man einen Schlafwandler wecken.

Vielleicht wird deshalb auf Konzerten so viel gekreischt und in Ohnmacht gefallen: weil es das ist, was man tut, wenn man ein Gespenst sieht.

Meine Mutter und ich bringen Morten Harket und einiges andere in Container, darüber wird es spät, wir gehen schlafen. In der Nacht wache ich auf, weil ich Geräusche aus der Küche höre, leises Singen und Geklapper. Entweder, denke ich, hantiert in der Küche ein unentsorgtes Gespenst herum, oder meine Mutter kocht etwas vor. Das tun wir beide manchmal, wenn wir nicht schlafen können.

Ich öffne die Küchentür. Meine Mutter steht da, rollt einen Teig aus und singt leise: »*Take on me.*«

Dann doch lieber krakeelen

Meine Nachbarin Frau Schwerters, Mitte sechzig, befindet sich seit vier Tagen in ihrer Entspannungswoche. Ihre Therapeutin hat sie angehalten, eine Woche lang ausschließlich zu entspannen. Wir alle im Haus wissen Bescheid, Frau Schwerters spricht seit Tagen von nichts anderem. Weil die Therapeutin Frau Schwerters geraten hat, alleine zu entspannen, ganz für sich zu sein, treibt sich Herr Schwerters den Tag über in der Stadt herum, bis seine Frau mit ihrer Entspannung fertig ist.

Frau Schwerters soll eine Woche lang entspannen, weil sie unter einer medizinisch unerklärlichen Pulsschnelligkeit leidet. Sie kann nachts nicht schlafen, weil ihr Herz so schnell und so laut pocht. Auch davon hat Frau Schwerters uns allen erzählt, so eindringlich, dass wir alle nachts ihr wild schlagendes Herz durch die Wände und Stockwerke pochen hören können.

Frau Schwerters gruselte es vor der Woche, weil sie sich mit Entspannung nicht auskennt und nun unter einem Leistungsdruck steht. Ich treffe sie im Hausflur, sie steht da mit einem leeren Blumentopf in den Händen. Ich frage: »Und? Wie läuft's?«, und Frau Schwerters schaut mich an, als habe sie seit Stunden auf diese Frage gewartet.

Früher, holt sie aus, sei man ja heimlich immer ein bisschen beeindruckt gewesen, wenn jemand sagte: »Ich kann mich einfach nicht entspannen«, weil man annahm, dass dieser jemand einfach zu energiegeladen und tatendurstig war, um auf einem Sofa herumzuentspannen. Jetzt, sagt sie, sei das Gegenteil der Fall. Man gelte als mangelhaft, wenn man nicht effektiv entspannen könne, weil man dann keinen Kontakt zu sich selbst habe und keine Selbstfürsorge und so weiter. Man werde, sagt Frau Schwerters, quasi mit Gewalt zur Entspannung genötigt, in einer Drogerie habe sie jüngst eine Creme gesehen, die tatsächlich *Relaxation Booster* heiße, sie wisse ja nicht, wie ich das fände, aber für sie klinge das nach militärischer Intervention.

»Es läuft wohl nicht so gut«, resümiere ich vorsichtig, und Frau Schwerters sagt aus tiefster Seele: »Nein.«

Frau Schwerters hatte sich gut vorbereitet. Sie hatte eine von der Therapeutin empfohlene Lektüre durchgearbeitet, die diverse Entspannungstipps vorstellte. Ein Tipp lautete: »Mit einem Haustier schmusen.« Frau Schwerters stellten sich die Nackenhaare auf, weil sie (sehr zu Recht) *schmusen* für ein grauenhaftes Wort hält. »Aber das ist natürlich Geschmackssache«, sagt sie großzügig. Weil es erwiesen ist, dass Schmusen mit Haustieren den Pulsschlag senkt, näherte sich Frau Schwerters in deutlicher Schmuseabsicht ihrem Pekinesen, der, Frau Schwerters hatte das immer an ihm geschätzt, kein großer Schmuser war und sich irritiert in die Küche zurückzog. Ich erzähle Frau Schwerters, dass das Herz eines Blauwals mitunter nur einmal pro Minute schlägt, man könne also auch versuchen, mit einem Wal zu schmusen, vielleicht färbe sein Puls ja ab, aber Frau Schwerters bezweifelt, dass ein Wal unter Haustier firmiert.

Auch den Tipp »Phantasiereisen« hat Frau Schwerters ausprobiert. Es hat nicht geklappt, weil jeder Ort, an den sie sich phantasierte, in kürzester Zeit ungemütlich wurde. Träumte sich Frau Schwerters an einen Meeresstrand, schaukelten innerhalb kürzester Zeit Plastikmüllinseln auf den Wellen. Phantasierte sie sich in eine stille arktische Landschaft, trieben auf Schollen vom Klimawandel ausgemergelte Eisbären vorbei. Saß Frau Schwerters innerlich unter einem lauschigen Kastanienbaum, hatte der sofort die Miniermotte. Jedes Bild, das in Frau Schwerters aufstieg, wurde rasch zu einem Schadbild, und gut für den Puls ist das nicht. »Ich weiß nicht, wie angesichts der Welt ein Puls die Contenance bewahren soll«, sagt Frau Schwerters, und das weiß ich natürlich auch nicht, nur, dass ein nachts donnernder Puls der Welt auch nicht weiterhilft.

Ein weiterer Tipp ist Meditation. Mediation geht bei Frau Schwerters ebenso wenig wie Phantasiereisen. »Aber Meditation ist wirklich phantastisch«, beteuert sie und berichtet, dass Wissenschaftler buddhistische Mönche in Magnetresonanztomografen geschoben und dort schwarz auf weiß gesehen haben, wie tief zufrieden und einwandfrei meditierende Gehirne sind. Außerdem, sagt Frau Schwerters, stoßen buddhistische Mönche ja außerordentlich viel Mitgefühl aus, was wiederum gut für die Welt ist.

Frau Schwerters schaut in ihren leeren Blumentopf, als läge auf dessen Grund ein buddhistischer Hippocampus.

»Ich hasse Entspannung«, knurrt Frau Schwerters jetzt, sie ist dabei, wie ihr Herz die Contenance zu verlieren, »ich hasse dieses ganze Entspannungsgemurkse zutiefst.«

Ich deute auf den Blumentopf. »Tipp fünfzehn«, sagt Frau Schwerters, »ich soll was mit Erde machen. Wegen Erdung, wenn Sie verstehen.« Ich verstehe. »Vielleicht sollten Sie spazieren gehen«, schlage ich vor, »da freut sich auch der Hund.«

»Der Hund will nichts mehr mit mir zu tun haben«, sagt Frau Schwerters, »wegen des versuchten Schmusens.« Ich verstehe auch das. »Dann vielleicht kochen« sage ich, weil ich, wenn ich nicht schlafen kann, Sachen vorkoche und einfriere, mein Eisfach ist voll mit den gefrorenen Zeugnissen schlafloser Nächte. »Alles völliger Murks«, krakeelt Frau Schwerters, und da kommt Herr Schwerters durch die Haustür. Er sieht erholt aus – offenbar ist es entspannend, den lieben langen Tag darauf zu warten, dass jemand mit seiner Entspannung fertig ist. »Na«, sagt er munter zu seiner Frau, »wie geht's meinem Relaxation Booster?«

»Viel besser«, sagt Frau Schwerters, und tatsächlich haben sich ihre Gesichtszüge entknittert. Es scheint entspannend zu sein, über Entspannungstechniken herzuziehen.

Kurz stelle ich mir vor, wie Frau Schwerters hasserfüllt Pekinesen, Mönche und Wale beschmusen muss. Dann doch lieber krakeelen.

Womit wir nicht gerechnet haben

Meine beste Freundin Sonja hat heute ihren fünfzigsten Geburtstag gefeiert, und wie vermutlich bei jedem runden Geburtstag gab es im Vorfeld Schwierigkeiten. Sonja stand unter Druck, weil sie eigentlich nicht feiern wollte, aber glaubte, alle Welt erwarte ein großes Fest. Schließlich schlug sie vor, eine Mottoparty zu ihrem Geburtsjahr zu veranstalten: Jeder sollte als jemand oder etwas kommen, der oder das im Jahr 1969 eine historische Rolle spielte. Ich fand die Idee hervorragend. Die Mondlandung und Charles Manson rissen sich sofort Sonjas Mann und ihr Cousin unter die Nägel. Weil 1969 die erste ZDF-Hitparade ausgestrahlt worden war, fasste ich den herrlichen Plan, als Dieter Thomas Heck zu gehen. Mir war nicht bewusst gewesen, dass ich schon immer den Wunsch gehegt hatte, eine Nacht lang Dieter Thomas Heck zu sein.

Dann aber beschloss Sonja, die Party sein zu lassen und doch nur im allerkleinsten Kreis zu feiern: »Scheiß auf die Erwartungen«, sagte sie, »mit fünfzig ist man alt genug, um Leute zu enttäuschen.« Weil ich offenbar enttäuschter schaute, als ich wollte, schlug sie vor, dass ich ja trotzdem als Dieter Thomas Heck kommen könnte.

Wir feierten in einem Restaurant am See, im ganz kleinen Kreis. Weil man bei solchen Geburtstagen standardmäßig rührselig und besinnlich wird, fiel mir auf, dass das Fundament von Sonjas Leben in großen Teilen aus dem besteht, womit wir nicht gerechnet haben. Wir haben nicht damit gerechnet, dass Sonja eine leidenschaftliche Sozialarbeiterin werden würde, nachdem sie in Mediävistik promoviert hatte. Wir hatten nicht damit gerechnet, dass Sonja Sebastian heiraten würde, vollkommen abwegig war das gewesen, und jetzt ist es eine Liebe, der mutmaßlich nichts mehr in die Quere kommen kann. Auch mit ihrer Tochter Leni hatten wir nicht gerechnet, weil Sonja über Jahre nicht schwanger wurde, und jetzt ist Leni schon alt genug, um uns Erwachsene alle peinlich zu finden, am meisten mich als Dieter Thomas Heck.

Sonja trägt die Halskette ihrer Großmutter. Ich habe mir von ihr abgeschaut, zu jedem Geburtstag und jedem Silvester etwas von jemandem zu tragen, der nicht mehr da ist, um ihn mit ins nächste Jahr zu nehmen. Sonjas Vater hatte in seiner Rede zu ihrer Hochzeit gesagt, er kenne niemanden, der so schwer Abschied nehmen könne wie Sonja – als Kind, erzählte er, habe sich Sonja manchmal sogar von Leergut nur unter Tränen trennen können.

Jetzt ist es tiefe Nacht. Alle schlafen, nur Sonja und ich sitzen noch am See. Die Rührseligkeit und eine Flasche Grauburgunder halten uns zu gleichen Teilen warm, und sie sorgen zu gleichen Teilen dafür, dass viele Vergangenheiten durcheinandertrudeln. »Weißt du noch?«, so beginnen Sonjas Lieblingsfragen, wir stellen uns viele davon. Wir sitzen da und bestaunen all die Zeit und auch das Geschenk, das Sonjas Vater geschickt hat, er lebt mittlerweile in Amerika. Sonjas Vater ist – zumindest, was

Geschenke betrifft – schon seit langer Zeit alt genug, um Leute zu enttäuschen: Er hat Sonja unverständlicherweise einen Selfie-Stick geschenkt. Wir friemeln Sonjas Handy in die Apparatur, und gerade, als sie es über den See hält, ruft ihr Vater an. Es ist ein Facetime-Anruf. Sonja nimmt ab und hält das Handy am Stock über den See. Das Gesicht von Sonjas Vater schwebt über dem Wasser.

Ich habe Sonjas Vater lange nicht mehr gesehen. Ich erinnere mich noch sehr genau daran, wie peinlich ich ihn fand, als ich so alt war wie Leni.

»Glückwunsch, meine Kleine«, sagt er, er sagt es gleichzeitig über einem brandenburgischen See und in Minnesota. »Auch zu diesem Selfie-Stick. Toll, oder? Du kannst damit Momentaufnahmen von dir selbst machen. Und außerdem bist du ein schönes Motiv. Du siehst ja noch ganz gut aus. Also, für dein Alter«, schiebt er hinterher und kichert über den See. Sonja dreht den Stick, ihr Vater schwebt jetzt auf dem Kopf. »Wie geht's?«, fragt er.

»Ich fühle mich alt«, sagt Sonja, und ihr Vater schaut entrüstet. »Wenn, dann müsste ja wohl *ich* mich beklagen«, sagt er, »stell dir mal vor, wie alt sich einer fühlen muss, der eine fünfzigjährige Tochter hat.«

»Hallo, Herr Wagner«, sage ich und rücke meine Perücke zurecht, »raten Sie mal, wer ich bin.«

Sonja dreht ihren Vater wieder gerade. »Keine Ahnung«, sagt er, »Horst Seehofer?«, und bevor ich entrüstet widersprechen kann, fragt Sonja: »Wo ist die eigentlich hin, die ganze Vergangenheit, die ich angehäuft habe?«

»Ach, Zeit«, sagt ihr Vater verächtlich und winkt auf dem kleinen Bildschirm mit großer Geste ab. »Wie spät ist es bei euch?«

»Zwei Uhr nachts«, sagt Sonja, und ihr Vater sagt: »Bei mir sieben Uhr abends. Da kannst du mal sehen, was die Zeit für eine windige Sache ist. Und übrigens: Mal was von Einstein gehört?« Sonja verdreht die Augen und sagt: »Nein, noch nie«, und ich, weil ich etwas beleidigt bin, frage: »Und übrigens: Mal was von Dieter Thomas Heck gehört?«

»Einstein hat gesagt, dass die Aufteilung in Vergangenheit, Gegenwart und Zukunft nichts als eine hartnäckige Illusion ist«, sagt Sonjas Vater über dem See, und kurz verschwimmt er ein bisschen, weil die Verbindung gerade schlecht ist. »Deine Vergangenheit ist immer vorhanden«, sagt er dann, »sie ist gewissermaßen in dich eingefaltet.«

Leni kommt angelaufen. »Da schwebt ja Opa über dem See«, sagt sie, und es gibt ein großes Hallo, weil Leni und ihr Großvater sich sehr lieben, und da sind wir alle mit unseren in uns eingefalteten Vergangenheiten, es ist eine mittelgroße Menge Vergangenheit in Sonja und mir, eine uferlose im See und in Sonjas Vater, eine noch sehr überschaubare Menge in Leni. Leni nimmt mir die Perücke ab und setzt sie sich auf den Kopf. »Großartig«, sagt Sonjas Vater, »jetzt siehst du aus wie der sehr junge Dieter Thomas Heck.«

Die Angst von vorgestern

Vorgestern bin ich in einem Aufzug stecken geblieben. Sollte das jemals passieren, habe ich bis vorgestern geglaubt, werde ich aus dem Stand in Panik geraten. Tatsächlich war es für mich viel weniger schlimm, als ich dachte – und das lag daran, dass die ältere Dame, die mit mir feststeckte, aus dem Stand in Panik geriet. Sie fing auf der Stelle an zu zittern und zu weinen, deshalb hielten wir nur kurz den Abstand, den man eigentlich hält, wenn man sich fremd ist; schnell hatte ich die Dame im Arm, sie roch nach Veilchenpastillen. Sie weinte und schnodderte in meinen Mantel, und ich versuchte, beruhigend auf sie einzureden, so, wie man auf ein fiebriges Kind oder ein altes Pferd einredet. Als die Dame mich unter Tränen bat, ihr etwas vorzusingen, stimmte ich *Der Mond ist aufgegangen* an, und noch bevor ich den steigenden wunderbaren weißen Nebel besingen konnte, fuhr der Aufzug weiter. Ich hatte das ganze Steckenbleiben über buchstäblich alle Hände voll damit zu tun, die Angst der älteren Dame in Schach zu halten, sodass meine eigene Angst kein bisschen zum Zuge kam.

Jetzt, zwei Tage später, stehe ich erneut vor einem Aufzug, vor einer ganzen Reihe von Aufzügen. Ich befinde mich in einem Ärztehaus und habe einen Ohrenarzttermin im sechsten Stock. Es ist viel los, die Aufzüge rauschen hoch und runter, die Aufzugtüren gleiten auf und zu, Menschen steigen ein und aus. Nur ich bleibe stehen, und zwar im Weg. Ich stehe all den Menschen im Weg, die keine plötzliche Angst vor Aufzügen haben. Ich weiß nicht, ob die Angst, die ich plötzlich habe, die Angst der älteren Dame von vorgestern ist (die Ärmel meines Mantels riechen noch nach Veilchenpastillen) oder ob es meine eigene Angst vor dem Steckenbleiben ist, die vorgestern nicht zum Zuge kam, weil die ältere Dame sie freundlicherweise übernommen hatte, und die sich jetzt nachträglich austoben möchte. Ich stecke nicht in, sondern vor einem Aufzug fest.

Und dann drehe ich mich um, weg von den Aufzugtüren, und beschließe, eine Treppe zu suchen. Ich weiß, dass dieses Abwenden, dieses »Lieber doch nicht«, verheerend sein kann – denn aus unerfindlichen Gründen ist mit der plötzlichen Angst auch eine plötzliche Verhaltenstherapeutin in mich hineingefahren. Sie lässt mich wissen, dass das Abwenden vom Aufzug Vermeidung ist, und sobald man bei Angst auch nur einmal vermeidet, hat man sich eine Angststörung quasi schon zugezogen, eine Angststörung, die innerhalb weniger Tage munter generalisieren wird, und schwuppdiwupp kommt man nicht mehr nur nicht in Aufzüge hinein, sondern kaum noch aus dem Haus. Bei Vermeidung ist einmal niemals keinmal, sondern schlimmstenfalls lebenslänglich. All das rechnet mir die innere Verhaltenstherapeutin vor, all das ist vollkommen richtig, all das hilft leider überhaupt nicht.

Ich wende mich ab von den Aufzügen, ich stehe im Foyer und überlege, wo wohl die Treppe sein könnte. Blitzartig bin ich ratlos und verloren, wie man es ist, wenn man nachts auf einem Bahnsteig steht und plötzlich die Durchsage kommt, dass der letzte Zug nach Hause leider entfällt.

Hinter mir räuspert sich jemand. Als ich mich umdrehe, steht dort ein Mann in Uniform. Er ist sehr groß, das Wort *Sicherheitsdienst,* das auf seiner Brust steht, ist auf meiner Augenhöhe. *Seht ihr den Mond dort stehen,* denke ich, *er ist nur halb zu sehen.*

»Kann ich Ihnen helfen?«, fragt der Mann. Ich schaue nach oben in ein von schütterem grauen Haar umgebenes, freundliches Gesicht. »Ich suche die Treppe zum Ohrenarzt«, sage ich. »Der ist ganz oben«, sagt der Mann, »da würde ich lieber den Fahrstuhl nehmen«, und weil eine aufziehende Angststörung und eine eingebildete Verhaltenstherapeutin hinter mir her sind, halte ich nur kurz den Abstand, den man eigentlich hält, wenn man sich fremd ist. »Ich habe Angst, im Aufzug stecken zu bleiben«, sage ich, »ich bin vorgestern stecken geblieben.« Der Mann überlegt kurz. »Soll ich mit Ihnen hochfahren?«, fragt er dann. »Ich bin vom Sicherheitsdienst. Ich muss dafür sorgen, dass Sie oben ankommen.«

Ich schaffe es gerade noch, den Mann vom Sicherheitsdienst nicht vor Rührung zu umarmen. »Das ist sehr freundlich«, sage ich, »aber das ist wirklich nicht nötig«, weil es mir unangenehm ist, den Sicherheitsdienst zu bemühen. Der Mann greift in seine Hosentasche und zieht eine verknitterte Visitenkarte heraus. »Hier ist meine Nummer«, sagt er. »Sie bleiben nicht stecken. Aber wenn doch, rufen Sie mich an. Ich hole Sie sofort raus.« Er klopft auf seine Brusttasche, hinter der sich sein Herz und sein Telefon befinden. Ich nicke und gehe in den Aufzug, die Visitenkarte trage ich vor mir her wie eine heilige Schrift.

Mit mir im Aufzug ist niemand und sehr viel. Mit mir im Aufzug ist die harsche Verhaltenstherapeutin, die krakeelt, dass das nicht gilt, dass die Visitenkarte ein unerlaubtes Vermeidungshilfsmittel ist, dass man lernen muss, sein eigener Sicherheitsdienst zu sein. Mit mir im Aufzug ist die endliche Angst der Dame von vorgestern und meine eigene endliche Angst; mit mir im Aufzug ist, vor allem und raumgreifend, die unendliche Freundlichkeit des Sicherheitsdienstmitarbeiters.

Das Wartezimmer des Ohrenarztes ist proppenvoll wie ein klaustrophobischer Kopf, deshalb dämmert es bereits, als ich im sechsten Stock in den Aufzug steige. Während der Fahrt nach unten hoffe ich, dass der Sicherheitsdienstmitarbeiter noch da ist, damit ich mich ausführlich bedanken und ihm sagen kann, dass er und seine Freundlichkeit heute eine aufziehende Angststörung und eine Verhaltenstherapeutin lahmgelegt haben. Und genauso ist es. Da steht er noch, und als er mich sieht, lacht er und hält beide Daumen hoch.

Die Pubertät, eine Kontinentalverschiebung

Mir gegenüber im Zug sitzt ein junger Mann, er ist um die sechzehn Jahre alt, der Tim heißen könnte. Tim heißen Jungs in Serien, die sehr einnehmend aussehen und auf dem Schulhof allein durch ihr einnehmendes Herumstehen Legionen von Herzen brechen. Als ich zustieg, hat Tim mich angelächelt und mir geholfen, meinen Koffer in die Gepäckablage zu wuchten. Hoffentlich wird mein Sohn auch mal so, habe ich gedacht.

Jetzt, kurz hinter Wolfsburg, ruft Tims Mutter an. Tims Gesicht verödet, und seine Stimme wird zu einem Röhren. »Was ist das denn für eine blöde Frage«, blafft Tim nach kurzer Zeit ins Telefon, »natürlich hab ich das. Wie doof kann man eigentlich sein?«, und dann hört er noch eine Weile seiner Mutter zu, er mahlt derweil mit den Kieferknochen und auch mit den Augen, schließlich sagt er: »Weißt du was, Mama? Lass mich einfach in Ruhe«, und dann legt er auf.

Ich bin empört. Ich stelle mir Tims Mutter als eine liebenswerte Frau vor, die viel weniger doof ist, als man sein kann. Ich stelle mir vor, wie sie jetzt dasteht, mit einem Telefonhörer voller Hohn in der Hand, in einer geradezu gleißenden Verlorenheit, und sich fragt, wie es dazu kommen konnte, zu diesem röhrenden Auswuchs von Sohn, wie es dazu kommen konnte, dass sie so lang der Nabel seiner Welt war und jetzt der Arsch seiner Welt ist, wie es dazu kommen konnte, dass Tim das freundliche Kind, das er war, offenbar einfach ausgeschieden hat.

Ich hoffe, es ist ganz anders. Ich hoffe, sie steht nicht verloren da, sondern mit einer stämmigen Wut im Bauch. Ich hoffe, ihr letzter Satz am Telefon war: »Ich wollte nur sicherstellen, dass du genug Wechselwäsche dabeihast, Wechselwäsche für immer, weil, hier musst du dich nicht mehr blicken lassen, das war's nämlich, mach's gut, ich beginne nun mein zweites, herrliches, kinderloses Leben.«

Ich versuche, Tim empört anzufunkeln, was er nicht sieht, weil er in seinem Telefon herumdaddelt. »Wie reden Sie denn mit Ihrer Mutter?«, sage ich beinahe, und ebenso beinahe zitiere ich den grauenhaften Spruch, den irgendwer meiner eigenen armen Mutter in den 1950er Jahren in ihr Poesiealbum geschrieben hat: *Ehre dein Mutterherz / solange es schlägt / wenn es gebrochen ist / ist es zu spät.*

Ich betrachte Tim, dessen Gesicht jetzt wieder normalfarbig wird, und mir fällt mal wieder auf, dass ich keine Ahnung von Pubertät habe. Ich weiß nicht, welche Monstrositäten mit Stimmbruch und Oberlippenflaum einziehen. Mein Sohn ist zwölf, also im direkten Vorfeld der Pubertät, aber bis jetzt ist davon noch nichts zu merken. Noch freut sich mein Sohn, wenn ich anrufe. Noch sammelt er Fußballerbildchen. Noch erzählt er mir in Endlosschleife, wer von den Bildchenfußballern wann was für ein Tor geschossen hat. Ich gelobe innerlich, dass mich das ab jetzt nie mehr ermüden wird, dass ich bei jedem nacherzählten Tor mitfiebern werde – wegen des »Nochs« vor all dem.

Außerdem nehme ich mir vor, endlich Bücher über Pubertät zu lesen. Ich habe die leise Hoffnung, dass darin im Grunde dasselbe steht wie in Büchern über Kinder im Vorschulalter. Wenn die mit wutentbrannten Fäustchen auf ihre Eltern einschlagen, heißt es dort, zeugt das von einer gesunden Bindung: Mit den Eltern kann man es ja machen, weil die einen sowieso nie verlassen, egal, wie man sich aufführt. Ich hoffe, auch Tims Mutter hat das Buch gelesen, das ich mir gerade zusammenfantasiere.

Ich höre auf, Tim anzufunkeln, und nehme mein Buch zur Hand. Das Lesezeichen darin ist ein Fußballerbildchen. Der Lieblingsfußballer meines Sohnes ist darauf, über dessen berufliches Fortkommen ich mehr weiß, als ich je wissen wollte. Er hat mir das Bild feierlich geschenkt, er hat es doppelt.

Ich drehe das Bildchen in den Händen. Womöglich ist die Pubertät wie eine ungewöhnlich rasche Kontinentalverschiebung, die mich und meinen Sohn über Jahre auseinanderreißen wird, und wenn wir uns dann viel, viel später wiedererkennen, mein Sohn voll entwickelt und ich bereits rückläufig, werden wir uns die Augen reiben und etwas verlegen und höflich zueinander sein, höflich wie flüchtige Bekannte.

»Anthony Modeste«, sagt Tim plötzlich.

Ich schaue auf. Tim lächelt und deutet auf das Bildchen. »Sie kennen den?«, frage ich. »Klar«, sagt Tim.

»Mein Sohn sammelt die«, sage ich, und Tim sagt: »Ich habe die auch mal gesammelt, früher.«

»Und was ist jetzt Ihr Hobby?«, platzt es aus mir heraus, »Pubertät?«, und noch während das platzt, tut es mir leid, denn ich habe das sehr spitznasig gefragt.

»Wieso?«, fragt Tim erschrocken und fasst sich ins Gesicht. »Hab ich Pickel?«

»Nein«, sage ich, »ich dachte nur, wegen des Telefonats mit Ihrer Mutter.«

Tim lehnt sich zurück, schaut aus dem Fenster und überlegt. Dann lehnt er sich weit über den Tisch, als wolle er mir ein Geheimnis verraten, und sagt den schönen Satz: »Meine Mutter ist cool, aber uncool.« Er steht auf, er ist um Längen größer, als ich vermutet habe, er fängt an, seine Sachen zusammenzupacken, und wickelt sich sehr lang einen sehr langen Schal um den Hals. »Wie alt ist denn Ihr Sohn?«

»Zwölf.«

»Dann haben Sie ja bald Pubertät«, sagt Tim, beugt sich zu mir herunter und schaut mich verschwörerisch an, »da werden Sie eine Menge Spaß haben.« Er grinst, als hätten mein Sohn und ich dann eine Menge Spaß auf einer Party, auf der wild gepoltert und auf der vieles, nahezu alles, zu Bruch gehen wird.

Tim steigt aus. Ich schaue aus dem Fenster. Direkt davor steht Tims Mutter, ich erkenne sie sofort, denn sie sieht aus wie Tim in Mutter. Als Tim auf sie zukommt, versucht sie, ein Lächeln zu unterdrücken, wie jemand, der angewiesen wurde, auf gar keinen Fall zu lächeln. Tim streicht ihr mit ausgestrecktem Arm über die Schulter, sehr kurz. Das ringt er sich ab. Er ringt es sich ab, weil seine Mutter die Party schmeißt.

Die Brille der buckligen Verwandtschaft

Es ist immer erhellend, wenn jemand von außen einen Blick auf hartgesottene Familienlegenden wirft. Letztes Jahr habe ich meinen Freund Kai mit zu einem Familienfest genommen. Kai ist jemand von sehr weit außen, nämlich aus Sydney. Auf dem Weg zum Fest erzählte ich ihm, wer in meiner erweiterten Ursprungsfamilie als was gilt: Onkel Udo als extrem klug, Tante Lucy als außerordentlich witzig, und Onkel Ulrich gilt als maßlos schön.

Kai unterhielt sich blendend mit meiner Verwandtschaft, und hinterher sagte er: »Ehrlich gesagt: *So* klug fand ich Onkel Udo gar nicht, eher seine Frau.« Er sagte: »Tante Lucy versemmelt ziemlich oft Pointen«, und dann fragte er auch noch: »Wo genau ist Onkel Ulrich eigentlich maßlos schön? Er ist sehr nett – aber schön, also, ich weiß ja nicht.« All das war nicht von der Hand zu weisen, und mir fiel mal wieder auf, dass mir bereits in der Kindheit die Brille angepasst wurde, durch die ich meine Familie sehe, so, wie sie angeblich ist und angeblich immer sein wird.

Nun ist meine Großtante Traudl gestorben. Ich kannte Traudl kaum und kann mich nicht erinnern, mich je ausführlich mit ihr unterhalten zu haben. Sie hat nie viel gesagt auf Großfamilienzusammenkünften, sie hörte zu, was die anderen erzählten. Ich erinnere mich an einen Satz, den sie ab und zu in die Unterhaltungen warf; immer, wenn jemand eine Prognose zu irgendwas abgab, sagte Tante Traudl: »Man weiß nie.«

Sie sagte das, wenn Onkel Ulrich prognostizierte, dass sein Sohn nie und nimmer das Abitur schaffen würde. Wenn es hieß, dass Onkel Hanno sich auf gar keinen Fall von seinem Schlaganfall erholen werde. Als Onkel Bernd mutmaßte, dass Tante Anna nach dem Tod ihres Mannes auf immer allein bleiben werde.

Tante Traudl, das wurde auf ihrer Beerdigung wieder und wieder gesagt, war »die unglückliche Traudl«. Unglücklich deshalb, weil sie angeblich eine ebenso große wie kurze Liebe nie verwunden hatte. Jeder in meiner Familie kennt die Geschichte: Als junge Frau tanzte Traudl auf einem Ball mit einem Mann namens Otto – und es war, weithin sichtbar, für beide die große Liebe auf den ersten Blick. »Ich liebe dich«, hatte Otto nach der durchtanzten Nacht zu Traudl gesagt, und dann war er verschwunden – so schnell heraus aus Traudls Leben, wie er hereingetanzt war. Kurz wurde vermutet, dass Otto vielleicht verstorben war, überfahren auf dem Weg nach Hause, denn nach dieser Nacht hätte mutmaßlich allein der Tod Otto von Traudl fernhalten können. Aber Jahre später hat man Otto in Frankreich gesichtet, Onkel Ulrich glaubte jedenfalls, ihn dort gesehen zu haben. Als er Traudl davon erzählte, sagte sie einen Satz, der noch maßloser schöner war als Onkel Ulrich. Sie sagte: »Dann hat Otto dort wohl etwas zu erledigen.«

Traudl war ihr Leben lang allein geblieben und Lehrerin geworden, und im Alter hatte sie in ihrem Garten eine Auffangstation für verletzte Krähen unterhalten.

Es regnet stark, als ich nach Traudls Beerdigung im Auto sitze, die Scheibenwischer wedeln hin und her. Mein Freund Kai ruft aus Sydney an. »Wer war denn Tante Traudl?«, fragt er. Reflexartig leiere ich die Legende von der unglücklichen Traudl herunter, ihr Leben, das gänzlich eingefroren ist in der Szene, in der Otto aus ihrem Leben herausprescht, es ist trist und langweilig, deshalb sage ich: »Aber: Man weiß ja nie.«

»Was weiß man nie?«, fragt Kai.

Man weiß nie, ob eine hereingepreschte kurze große Liebe ihre Dauer um Jahrzehnte überdauern kann, sage ich. Man weiß nie, ob ein stundenlanges Glück so schwerwiegend ist, dass es lebenslang reicht. »Du bist eine Romantikerin«, sagt Kai, er sagt es überflüssigerweise, denn das ist mein Label in meiner Ursprungsfamilie: Ich bin die Romantikerin, gerne wird das kopfschüttelnd und mit dem Adjektiv »unverbesserlich« gesagt. Es gibt schlimmere Zuschreibungen, und ich bin, wenn überhaupt, eine verbesserliche Romantikerin. »Wir dürfen Traudls Leben nicht so stehen lassen«, sage ich und halte mein Gesicht nahe an die überströmte Windschutzscheibe. Man weiß weiterhin nie, sage ich, ob Tante Traudl im Gegensatz zu uns anderen begriffen hatte, dass ein Verschwinden der Liebe keinen Abbruch tun muss, dass es sehr wohl möglich ist, dass jemand einen von Herzen liebt, aber trotzdem woanders etwas zu erledigen hat, etwas, dass leider das ganze Leben lang dauert.

»Beispielsweise in Sydney«, sagt Kai.

Oder, überlege ich, Tante Traudl hatte im Gegensatz zu uns anderen begriffen, dass letztendlich die Liebe zu jemandem an sich ein Glückfall ist, egal, wie ausführlich dieser Jemand einen zurückliebt.

»Tante Traudl scheint sehr viel begriffen zu haben«, sagt Kai, »die Glückliche.«

»Vielleicht ist das auch alles Quatsch«, überlege ich. »Stell dir vor: Vielleicht war Otto gar nicht ganz weg. Vielleicht haben sie sich ihr Leben lang heimlich getroffen.« Weil man ja nie weiß, stelle ich mir vor, dass es eine unendliche Sammlung reichhaltiger Liebesbriefe von Otto und Traudl gibt. Ich stelle mir vor, dass Traudl diese Briefe vor ihrem Tod alle in Fetzen gerissen und ihren rekonvaleszenten Krähen zum Nestbau zur Verfügung gestellt hat, weil sie nicht wollte, dass wir diese Briefe finden, weil wir dieser Briefe nicht wert waren, weil wir Tante Traudl als unglückliche Tante Traudl abgestempelt hatten, wir kurzsichtige, kleinmütige, bucklige Verwandtschaft.

»Wie schön«, sagt Kai in Sydney, »jetzt haben wir die Erzählung von Tante Traudls Leben gerettet.« Der Regen, von dem ich dachte, dass er nicht stärker werden könne, schert sich nicht um Zuschreibungen und wird noch maßloser, er überspielt jetzt Kais Stimme und das letzte bisschen Sicht. »Ich muss jetzt mal Schluss machen«, sage ich, und Kai sagt, glaube ich: »Ich habe auch noch was zu erledigen.«

Vom Klirren und Beben des Alters

Eigentlich sollte es ein gemütlicher Nachmittag werden, ich hatte Kuchen mitgebracht, Camilles Lieblingskuchen. Es ist dann leider schnell sehr ungemütlich geworden. Ich saß auf der Küchenbank und sah Camille beim ausgiebigen Schimpfen und Umherstampfen zu. Weil Camille so außergewöhnlich groß und schwer ist, bebt, wenn sie schimpft und stampft, die ganze umstehende Welt: die Teller in Camilles Spüle, die Tassen in ihrem Schrank, sogar die Küchenbank.

Ich kenne Camille seit meiner Geburt, sie ist eine Freundin meiner Mutter. Sie stampfte und schimpfte, weil ab morgen eine Pflegerin zweimal täglich bei ihr vorbeischauen sollte. Camille empfand das als Affront, als dreiste Beleidigung, als Unverschämtheit. »Ihr habt ja nicht alle Tassen im Schrank«, sagte sie (Camille stammt aus Frankreich, und das mit den Tassen im Schrank ist ihre deutsche Lieblingsredewendung), und dass sie ihr Leben lang gut alleine zurechtgekommen sei. Das stimmt. Camille hat nie mit jemandem zusammengelebt und fand das offenbar ein Leben lang schön.

Weil mir nichts Besseres einfiel, machte ich es schlimmer, indem ich ihr aufzählte, was in letzter Zeit alles passiert war: Wiederholt war Camille morgens nicht aus dem Bett gekommen und hatte dann stundenlang dagelegen, bis zufällig ihr Sohn vorbeikam (»Das war nur wegen der Gemütlichkeit«, warf Camille ein, »ich hätte jederzeit aus dem Bett heraushüpfen können«), sie war mehrfach die Treppe heruntergefallen (»Die *halbe* Treppe«, warf sie ein, »und auch nicht gefallen, sondern gepurzelt«, um dem Ganzen einen trügerischen Anstrich von Niedlichkeit zu geben), sie ist mit Kreislaufschwierigkeiten im Garten umgefallen (»Sehr weich gefallen«, warf Camille ein, »auf die Hortensien«), sie hatte mehrfach den Herd angelassen und dadurch umliegende Topflappen in Brand gesetzt (»Und wieder gelöscht«, warf Camille ein, »geistesgegenwärtig und sofort«).

Camille unterbrach das Umherstampfen, das Klirren und Beben hörte auf. »Dass ihr mir eine Pflegerin ins Haus holt«, sagte sie, »schmiert mir mein Altsein ins Gesicht.« Sie baute sich vor mir auf. »Als würde mir das nicht sowieso schon täglich ins Gesicht geschmiert«, sagte sie, »jeden Tag werde ich mit meinem Altsein eingeseift, ungefähr so«, und dann packte sie einen angesengten Topflappen und drückte ihn mir ins Gesicht. Der Lappen roch faulig und brenzlig.

Als Kind habe ich Camille für unsterblich gehalten. Ich glaubte – vermutlich, weil sie sie so riesig und schwer ist –, dass der Tod sich eines Tages ein Weilchen an ihr abarbeiten und dann achselzuckend aufgeben würde. Jetzt war Camille eingeseift mit Altsein, und nicht nur die Pflegerin, sondern auch die ausbleibende Unsterblichkeit war ein Affront, eine dreiste Beleidigung, eine Unverschämtheit.

Ich warf Camille den Topflappen gegen ihre immense Brust. »Es ist doch nur, um dir zu helfen«, sagte ich, und auch das war falsch, denn Camille fand nicht, dass ich ihr helfen musste, sondern immer noch sie mir. Als ich ein Kind war, hat mich Camille wiederholt aus brenzligen Situationen befreit. Sie hat mich von einem Baum geholt – wegen ihrer Größe musste sie sich nicht mal auf die Zehenspitzen stellen, um mich vom Ast zu pflücken – sie hat mich aus dem Wasser gezogen, als ich einjährig in einen Fluss gekrabbelt war, und sie hat, als mir als Dreijährige ein Rottweiler laut bellend entgegenrannte, das Tier mit einem gezielten Faustschlag niedergestreckt. Ich hätte Camille jetzt vorhalten können, dass das alles sehr lange her war – aber das war kein Argument, denn das Zeitgefühl möchte ich sehen, das alle Tassen im Schrank hat.

Als anderntags die Pflegerin zum ersten Mal an Camilles Tür klingelte, waren meine Mutter und ich sicherheitshalber dabei; wir fürchteten um die Unversehrtheit der Pflegerin, wir hatten Angst, dass Camille sie mit einem gezielten Faustschlag niederstrecken könnte. Die Pflegerin war, im Gegensatz zu Camille, bester Dinge und winzig. »Sigrid mein Name«, sagte sie, »Guten Tag, Madame Dubois.«

»Mademoiselle«, korrigierte Camille.

Camille stand in der Tür und bewegte sich keinen Zentimeter zur Seite. Sigrid senkte kurzerhand den Kopf wie ein Widder und quetschte sich an Camille vorbei. Es dauerte ein wenig, bis sie auf der anderen Seite wieder herauskam und lächelnd und leicht zerzaust im Flur stand. Camille musterte sie. Dann fragte sie Sigrid: »Wie kann ich Ihnen helfen?«, und Sigrid schien nicht zu finden, dass das eine seltsame Frage war.

»Bei Französisch«, sagte Sigrid.

»Das könnte ich Ihnen beibringen«, sagte Camille. »Oh ja!«, quietschte Sigrid und klatschte in die Hände und hüpfte auf und ab vor Begeisterung, als sei sie ein Kleinkind, das Camille von einem Baum oder aus einem Fluss gerettet hat, und kurz, aber nur sehr kurz, machte ich mir Sorgen um die Vollständigkeit der Tassen in Sigrids Schrank.

Und so ist es jetzt: Sigrid konjugiert französische Verben, während sie die Füße in den Boden stemmt und Camille aus dem Bett wuchtet, sie hört sich Camilles Erläuterungen zum französischen Plusquamperfekt an, während sie Topflappen löscht, sie sagt Vokabeln her, während sie sich zwischen Camille und den Treppenabsatz wirft. Camille ist zufrieden, das sieht man ihr an. »Es ist ein Glück, dass Sigrid bei mir ist«, sagt sie, »sie braucht dringend Hilfe.«

Das Zehnkampf-Knie

Ich sitze auf der Untersuchungsliege eines Orthopäden, in unfreudiger Erwartung einer Spritze ins Knie. Vor Jahren ließ mein eigentlicher Arzt mein Knie in einem Magnetresonanztomografen durchleuchten und befand anschließend: »Sie haben das Knie einer siebzigjährigen Ex-Hochleistungssportlerin.« Ich habe keine Ahnung, wie ich dazu komme – ein solches Knie ist in mir völlig ortsfremd. Immer, wenn das Knie schmerzt, gehe ich zu einem Orthopäden, der dann seine Spritze zückt und sagt: »Jetzt tief einatmen und an etwas Schönes denken.« Das Schöne, an das ich dann denke, ist nie und nimmer Hochleistungssport.

Mein üblicher Orthopäde ist krank, deshalb bin ich bei einem unbekannten. Über seiner Liege klebt ein Wandtattoo, das besagt: *You are free to be what you want to be.* Das stimmt so nicht, denke ich. Ich bin siebenundvierzig Jahre alt. Selbst wenn ich frei genug wäre, es zu wollen: Ich werde nie eine Ex-Hochleistungssportlerin sein.

Ich lasse meine Hose herunter, der Arzt betrachtet mein geschwollenes Knie. »Da stimmt was nicht«, sagt er. »Ich weiß«, sage ich, »aber üblicherweise macht es eine Spritze wieder gut.«

Der Orthopäde schmunzelt hintergründig. Dann fragt er: »Haben Sie mal darüber nachgedacht, ob Ihr Leiden vielleicht eine psychische Ursache hat?« Als er das fragt, rutschen mir Herz und Psyche in die heruntergelassene Hose – denn diese Frage bedeutet, dass die lindernde Spritze in weite Ferne rückt.

»Ja, immer mal wieder«, sage ich vage.

»Immer mal wieder«, wiederholt der Orthopäde, und er schaut mich dabei an, als hätte ich gesagt, dass ich mir nicht zweimal täglich, sondern nur »immer mal wieder« die Zähne putze.

Ich weiß, dass einer Psyche – besonders, wenn man sie reizt – alles Mögliche zuzutrauen ist. Im Handumdrehen schafft es die Psyche, im Körper die abwegigsten Entzündungsherde zu platzieren, sie kann das Herz aus dem Rhythmus bringen und gegebenenfalls stillstehen lassen, sie kann die Zähne zerknirschen, den Magen verätzen, den Darm zerschießen, die Nebenhöhlen zustopfen, die Muskeln verknoten und die Haare entfärben. Ein dahergelaufenes Knie fertigzumachen gelingt einer gereizten Psyche mit links, da bin ich ganz der Meinung dieses ungewöhnlichen Orthopäden. Allerdings sieht der Orthopäde aus, als glaube er, die Psyche in einer einzigen Sitzung auf Vordermann bringen zu können.

»Menschen mit Knieproblemen haben mitunter Schwierigkeiten, sich dem Fluss des Lebens hinzugeben«, erklärt mir der Orthopäde, »und sie haben Angst vor bestimmten Veränderungen.«

»Aha«, sage ich und finde, dass das klingt wie ein Horoskop aus der Zeitung: wie etwas also, das auf alle zutrifft (»Wassermänner sollten berufliche Entscheidungen nicht leichtfertig treffen«, »Skorpione: Obacht im Straßenverkehr!«). Ja, ich habe mitunter Probleme, mich dem Fluss des Lebens hinzugeben, ja, ich habe Angst vor bestimmten Veränderungen, und, Überraschung, ich habe auch Angst vor dem Tod.

Der Arzt redet jetzt von Psychohygiene und Körperbewusstsein, und während er redet, bekomme ich es innerlich mit allerlei Einerseits-Andererseits zu tun. Einerseits möchte ich mich über den Arzt erheben und sehe schon vor mir, wie ich nachher auf dem Sofa sitzen werde, mit einer Ladung Voltaren auf dem Knie, und einer Freundin erzählen werde, an was für einen bescheuerten Eso-Orthopäden ich vorhin geraten bin. Andererseits bin ich verlegen, weil ich mich um Psychohygiene und Körperbewusstsein ungefähr so regelmäßig kümmere wie um Hochleistungssport. Einerseits habe ich nicht das geringste Interesse daran, vor dem Arzt nicht nur die tatsächlichen, sondern auch die psychischen Hosen herunterzulassen. Andererseits ist es mir peinlich, dass ich mir gerade sehr heftig einen Arzt wünsche, der, wie es Ärzten oft vorgeworfen wird, nicht den ganzen Menschen sieht, sondern nur das Symptom behandelt.

Der Orthopäde fordert mich auf, in mein Knie hineinzuspüren. »Das mache ich ja schon die ganze Zeit«, sage ich, »und es ist nicht besonders angenehm.«

Der Arzt schmunzelt und sagt, ich solle mit geschlossenen Augen hineinspüren. Ich frage mich, warum manche Leute davon ausgehen, dass man immer und überall einfach so in Köperteile hineinspüren kann – und das auch noch im Beisein eines chronisch schmunzelnden Orthopäden und eines zweifelhaften Wandtattoos. Als bräuchte Hineinspüren kein jahrelanges Training. Es sagt ja auch keine Hochleistungssportlerin zu einem Uhrmacher: »Los, mach mal Zehnkampf.«

Das Hineinspüren in mein Knie ist auch deshalb unmöglich, weil ich die ganze Zeit versuche, in den Orthopäden hineinzuspüren, um herauszufinden, ob sich irgendwo in ihm doch noch die Möglichkeit einer Spritze befindet.

»Und?«, fragt er, als ich die Augen wieder öffne, und ich sage: »Gut, aber ich bin eigentlich wegen einer Spritze hergekommen.«

»Vordergründig schon«, sagt der Orthopäde und schmunzelt hintergründig, und das war einmal Schmunzeln und Hintergründigkeit zu viel. Ich bedanke mich etwas unglaubwürdig, ziehe meine Hose unverrichteter Dinge wieder hoch, nehme meine Hochleistungsbefunde an mich, humpele mit meiner nun zerzausten Psyche aus der Praxis und rufe vor der Tür des Orthopäden meinen eigentlichen Arzt an. Mein eigentlicher Arzt ist, trotz seiner bestürzenden Sportlervergleiche, der beste Arzt der Welt, und glücklicherweise geht er heute höchstpersönlich ans Telefon.

»Können Sie eigentlich auch Spritzen ins Knie?«, frage ich.

»Dafür ist doch ein Orthopäde zuständig«, sagt er, »hatten Sie da nicht einen Termin?«

»Doch«, sage ich, »aber der Orthopäde will mir an die Psyche.« Der Arzt lacht. »Kommen Sie vorbei«, sagt er, »ich schiebe Sie irgendwie dazwischen.«

»Tausend Dank«, sage ich. Die Aussicht, dazwischengeschoben zu werden, tut beiden sehr gut: dem geschwollenen Knie und der derangierten Psyche.

Einbrecherherzen

Meine Badezimmertür ist über hundert Jahre alt und hat mir im Laufe unserer gemeinsamen Zeit mehrfach zu verstehen gegeben, dass etwas mit ihr nicht stimmt. Und ausgerechnet jetzt, in einer Samstagnacht, fliegt sie durch einen Windstoß zu und geht nicht mehr auf, egal was wir, meine Freundin Katja und ich, versuchen. Nachdem wir mit allerlei Kugelschreibern und Schraubenziehern hantiert haben, rufen wir einen Schlüsseldienst an. »Ich bin in dreißig Minuten da«, sagt der Schlüsseldienst putzmunter.

Weder Katja noch ich haben jemals Kontakt zu einem Schlüsseldienst gehabt. Katja sagt, sie habe gelesen, dass Schlüsseldienste oft von ehemaligen Einbrechern betrieben werden, und schaut mich dabei an, als rechne sie nicht nur mit einem Einbrecher a. D., sondern mit einem Serienkiller.

Immer, wenn jemand von Einbrechern anfängt, muss ich an meine frühe Kindheit denken. Als ich im Vorschulalter war, arbeitete mein Vater als Gefängnispsychologe, und manchmal wohnten entlassene Strafgefangene übergangsweise bei uns. Einer davon war Elmar, er war damals Mitte zwanzig und lebte zwei Jahre lang bei uns. Er war – aus meiner Sicht – turmhoch, trug eine Vokuhila-Frisur und grüne Schlaghosen, die am Saum Stockflecken hatten, und er roch intensiv nach Ernte 23. So rochen auch meine Haare, wenn Elmar mir Zöpfe geflochten hatte, was meine Kindergärtnerin weit weniger angenehm fand als ich.

Ich liebte Elmar. Er brachte mir bei, wie man Schuhe zubindet, wie man Kakao anrührt und außerdem das Alphabet; also eigentlich alles, was ich wissen musste. Ich hatte keine Ahnung, was Elmar sich hatte zuschulden kommen lassen. Mein Vater erzählte mir später, er sei wiederholt in Geschäfte ein- und habe Zigarettenautomaten aufgebrochen – so dermaßen wiederholt, dass man ihn schließlich, wie es in den 1970er Jahren hieß, verknackt hatte. Elmar hat später keinen Schlüsseldienst eröffnet, sondern einen Kiosk in Köln-Kalk.

Das alles erzähle ich Katja, und sie schaut mich skeptisch an und sagt, dass ich durch Elmar ein sehr verklärtes und überholtes Bild vom Kleinkriminellenmilieu hätte, und dann klingelt es endlich. Es ist jetzt ein Uhr nachts.

»Guten Morgen! Kalscheuer mein Name«, schmettert der Mann vom Schlüsseldienst uns entgegen. Er sieht kein bisschen aus wie Elmar, sondern eher wie eine Mischung aus Peter Handke und Peter Lustig, und er legt eine etwas verzweifelte Munterkeit an den Tag, wie ein Dozent, der weiß, dass alle Teilnehmer seine Veranstaltung nicht aus Interesse, sondern wegen Prüfungsrelevanz belegt haben. Er hat einen Koffer dabei und, wie sich herausstellen wird, eine Menge Besinnlichkeit.

Herr Kalscheuer kniet sich vor die Badezimmertür und sagt: »Ich muss Sie bitten, nicht zuzuschauen.« Man darf, lernen wir, beim Aufbruch eines Schlosses nicht zusehen, damit sich kein verheerender Lerneffekt einstellt. Wir wenden uns also ab, und die Tür lässt sich sehr lange bitten. Ich bin zu müde, und Katja ist zu angespannt für Konversation, Herr Kalscheuer aber nicht.

»Was machen Sie denn beruflich?«, fragt er. Da Katja nicht antwortet, sage ich: »Ich bin Autorin.«

»Aha«, sagt er, »dann öffnen Sie ja auch viele Türen.« Ich schaue Katja an. Sie lächelt. Katjas Vorbehalte konnte man schon immer im Handumdrehen mit Besinnlichkeit knacken. »Die Türen zu den Herzen Ihrer Leser nämlich«, schiebt Herr Kalscheuer nach, weil er nicht sicher ist, ob wir das Bild verstanden haben.

»Und was machen Sie?«, fragt er, und als Katja sagt, sie sei Grundschullehrerin, sagt Herr Kalscheuer nachdenklich: »Dann öffnen auch Sie ja viele Türen. Türen zu den Herzen Ihrer Schützlinge«, und ich frage mich, ob Herr Kalscheuer das mit den Türen wohl auch sagt, wenn jemand seiner Kunden auf die Frage nach dem Beruf »Ordnungsamt, Parkraumüberwachung« antwortet. Ich hoffe es sehr. Und außerdem hoffe ich, dass die ganz und gar unmetaphorische, altersstarrsinnige Badezimmertür jetzt endlich mal aufgeht. Abgewandt fiebern wir mit.

Dann fliegt die Tür auf, zeitgleich mit der Tür zu Katjas Herz. Sie klatscht in die Hände vor Freude, dass das Bad wieder begehbar und Herr Kalscheuer bislang kein Serienkiller ist, und bevor ich sie davon abhalten kann, hat sie Herrn Kalscheuer schon einen Kaffee angeboten, sitzen wir schon am Küchentisch und Herr Kalscheuer erzählt von den Türen und Herzen, die er schon geöffnet hat. Es sind zahllose.

Weil ich finde, dass es reicht, wenn eine von uns begeistert zuhört, ziehe ich mein Telefon aus der Hosentasche. *Lieber Elmar,* schreibe ich, *sehen wir uns im Herbst in Köln? Ich hoffe, ich piepse dich nicht wach.*

Du piepst mich nicht wach, schreibt Elmar zurück, *ich stehe hier am Fenster und rauche und ich bin alt und mir ist langweilig. Wie geht es dir?*

Ich sehe Elmar vor mir, wie ihm langweilig ist, wie er am Fenster seiner Einzimmerwohnung in Köln-Kalk steht, wie er da im Stehen auf die siebzig zugeht.

Heute habe ich meine Badezimmertür nicht mehr aufgekriegt, schreibe ich. *Sie ist noch ein wenig älter als du.*

Jetzt ist mir nicht mehr langweilig, schreibt Elmar sofort zurück, *pass auf: Ruf bloß keinen Schlüsseldienst an. Das sind oft ganz zwielichtige Gestalten, habe ich gehört. Was ist es für eine Tür? Kannst du mir ein Foto schicken? Zusammen kriegen wir die wieder auf, ich verspreche es dir. Ich führe dich durch den Vorgang. Kein Problem! Viele Grüße! Ich freue mich! Bis gleich!*

Ich schaue von meinem Telefon hoch, Herr Kalscheuer ist immer noch dabei, von geöffneten Türen zu erzählen, und Katja schielt vor Müdigkeit und hört tapfer weiter zu. Ich tippe *Zu spät* in mein Telefon, lösche das dann aber wieder, weil ich an Elmars Herz denke, dessen Tür durch meine verschlossene Badezimmertür aufgeflogen ist.

Danke!, schreibe ich, *ja, bitte führe mich durch den Vorgang.*

Schneppi sagt Merci

Die Supermarktschlange, in der ich vor zwei Wochen stand, war eine herkömmliche Schlange. Leute und ihre Einkaufswagen standen dicht an dicht, und wenn jemand Einmalhandschuhe getragen hätte, hätte ich vermutlich gedacht: Der Arme, der hat bestimmt eine schlimme Bakteriophobie. Während des Wartens überlegte ich, worüber ich meine nächste Kolumne schreiben könnte. Als die Frau vor mir an der Reihe war, fing sie an, laut krakeelend die Kassiererin für Länge und Geschwindigkeit der Schlange verantwortlich zu machen. Höflichkeit, dachte ich. Den nächsten Text schreibe ich über Höflichkeit.

Jetzt, zwei Wochen später, stehe ich wieder in einer Supermarktschlange. Es ist eine verhackstückte Schlange, wir stehen mit mindestens einer Einkaufswagenlänge Abstand zueinander. Viele tragen Einmalhandschuhe, und am Ende der Schlange sitzt der Kassierer hinter einer durchsichtigen Plane.

Ich habe in den letzten zwei Wochen kein bisschen über Höflichkeit nachgedacht, obwohl ich mich immer wieder dazu angehalten habe. Ich hatte alle Hände voll damit zu tun, mich in meinem auf den Kopf gestellten Alltag einzurichten. Man kann einen Alltag nicht auf den Kopf stellen, ohne dass er zerfällt und nicht mehr als Alltag erkennbar ist. Er ist dann ein Durcheinander von Bestandteilen, in deren Mitte man steht wie das Strichmännchen in IKEA-Aufbauanleitungen, auf den Bildern, die zeigen, wie man es nicht machen soll.

Die Supermarktschlange ist lang. Ich könnte jetzt über Höflichkeit nachdenken. Ich denke dann aber darüber nach, woher ich den Mann vor mir in der Schlange kenne. Es ist Herr Schnepp. Herrn Schnepp, Schneppi genannt, kenne ich von flüchtigen Begegnungen im Hausflur und ziemlich gut aus Frau Wieses Erzählungen, sie ist glücklich in Herrn Schnepp verliebt. Herr Schnepp ist um die fünfzig Jahre alt und hat einen schütteren grauen Zopf. Er riecht nach Tabak und immer etwas zu stark nach einem Herrenduft im Angebot. Er hört immer etwas zu laut Rock aus den 1970er Jahren, und er spielt, das erzählte Frau Wiese mit leuchtenden Augen, ganz hervorragend Luftgitarre dazu.

Von hier aus kann ich Herrn Schnepps Hände am Einkaufswagen sehen. Sie sind, wie meine, rot und rissig vom ganzen Händewaschen.

»Denk über Höflichkeit nach«, ermahne ich mich in der Supermarktschlange, aber dann fällt mir ein Patient meines Onkels ein, der an einem kapitalen Händewaschzwang litt. Ein innerer Despot wies ihn an, ständig die Hände zu waschen und dabei laut bis dreißig zu zählen – weil sonst, drohte der innere Despot recht unpräzise, »etwas Schlimmes« passieren würde. Ich frage mich, wie es diesem Patienten jetzt geht. Ob es erleichternd ist oder entsetzlich, wenn ein innerer Despot auftrumpft, weil er angeblich recht hatte, weil er es angeblich immer schon gewusst hat.

»Jetzt aber wirklich mal Höflichkeit«, sage ich mir hinter Herrn Schnepp, »los geht's«, und dann denke ich darüber nach, ob *Happy Birthday* jemals wieder nur ein Geburtstagsständchen sein wird oder ab jetzt für immer das Lied, mit dem man die empfohlene Händewaschzeit misst. Ob man es jemals wieder einem Jubilar entgegenschmettern wird, oder ob es dabei ab jetzt für immer heißt, »Happy Birthday, Vorbeugung einer Schmierinfektion«, »Happy Birthday, ausdrucksloses Starren und Einseifen und Mitzählen«, »Happy Birthday, Angst«.

»Höflichkeit«, denke ich, »eins, zwei, drei.« Herr Schnepp vor mir drückt seinen Mund in seine Armbeuge und hustet. Es ist bestimmt Raucherhusten. Ich denke an Herrn Schnepps Atemwege und ob sie womöglich längst angegriffen sind. Ich habe noch nie so viel wie derzeit an Atemwege gedacht, vor allem an die meiner älteren Verwandtschaft. Ich habe keine Ahnung, wie Atemwege aussehen, vor meinem geistigen Auge sehe ich meine älteren Verwandten mit Lungenröntgenbildern vor der Brust, Bilder, die ich nicht lesen kann, die aussehen wie Landschaftsaufnahmen fremder Planeten.

Herr Schnepp hat jetzt den Kassierer hinter der Plane erreicht. Statt über Höflichkeit nachzudenken, sehe ich Herrn Schnepps rissigen Händen zu, wie sie Sachen aufs Band legen. Kohlrabi, Lachsschinken, einen Hefewürfel (der ist für Frau Wiese, denke ich, Frau Wiese braucht immer Hefe, sie hat mich oft danach gefragt, in einer Zeit vor zwei Wochen und vor gefühlt etlichen Jahren, als man auf die Frage nach Hefe an der Wohnungstür noch sagen konnte: »Ich schaue mal nach, kommen Sie doch derweil kurz herein«), eine Spülbürste, Küchenpapier, eine Packung *Merci*. Der Kassierer streckt seine Hände unter der Plane durch, um die Einkäufe zu scannen. Alles ist etwas umständlich, weder der Kassierer noch Herr Schnepp noch irgendwer hier ist gewöhnt an Planen.

Nachdem Herr Schnepp bezahlt hat, schiebt er die *Merci* vorsichtig unter der Plane hindurch zurück zu dem Kassierer. »Die ist für Sie«, sagt Herr Schnepp leise. Er wird rot, als er das sagt, er nuschelt: »Weil Sie hier sitzen und das machen«, und wir alle wissen, was er meint. »Tschüss«, murmelt Herr Schnepp verlegen und möchte schnell verschwinden, fast fällt er vor Hektik in seinen Einkaufswagen.

»Warten Sie mal«, sagt der Kassierer und erhebt sich. Der Kassierer ist ein junger Mann, halb so alt wie Herr Schnepp. »Vielen Dank für Ihr Geschenk«, sagt er feierlich. Und weil Händeschütteln undenkbar ist, macht der Kassierer, was üblicherweise buddhistische Mönche tun: Er faltet seine Hände vor der Brust und deutet eine Verneigung an, und Herr Schnepp, der hervorragende Luftgitarrist, tut das auch. Höflichkeit, denke ich, und jetzt bin ich dran.

Gestern stand er noch da

Vorhin bat mich meine Mutter, einen Brief zum Briefkasten zu bringen. Als ich ankam, war der Briefkasten verschwunden – und nichts deutete darauf hin, dass er jemals da gewesen war. Ich weiß nicht, ob es einen Begriff für den Moment der Verwirrung gibt, wenn etwas seit Jahrzehnten fest Installiertes plötzlich weg ist; für diesen Moment, in dem man an der Wirklichkeit zweifelt und denkt: »Das kann doch nicht sein«, für diesen kurzen verstörenden Wackelkontakt mit der Realität.

Nachdem ich sekundenlang die Wirklichkeit im Verdacht hatte, nicht mehr zu stimmen, versuchte ich sicherheitshalber, lieber mir die Schuld zu geben: Vielleicht war ich falsch abgebogen, vielleicht war das gar nicht die Briefkastenstraßenecke. Aber das konnte ebenso wenig sein. Ich kenne den Weg zum Briefkasten im Schlaf, meine Familie bringt ihm seit mindestens fünfzig Jahre all ihre Briefe. Wir haben hier Geburts- und Todesanzeigen eingeworfen, Weihnachts- und Geburtstagspost, Bewerbungsschreiben, Gutachten, Rechnungen, Lösungsworte von Kreuzworträtseln, verzierte Liebesbriefe, Schlussmachbriefe, der Briefkasten war jahrzehntelang ein Tor zur Welt.

Ich stehe also verstört an der Stelle, an der nichts darauf hindeutet, dass hier immer der Briefkasten gewesen ist, und dann sehe ich Frau Blom nahen. Frau Blom ist um die achtzig und schickt von hier aus regelmäßig Briefe an ihre Tochter in Australien. Kurz stelle ich mir vor, wie Frau Blom mit ihrem Brief vor einem plötzlich verschwundenen Briefkasten steht, und das sieht so verloren aus, dass ich ihr entgegenlaufe, um sie zu warnen, als sei die Briefkastenleerstelle der Tatort eines blutigen Verbrechens. »Frau Blom«, sage ich, »der Briefkasten ist weg. Besser, Sie schauen sich das nicht an.«

»Das kann nicht sein«, sagt Frau Blom fassungslos, »gestern war er doch noch da«, und es rührt mich, dass Frau Blom und ich in der Tatsache, dass etwas gestern da war, ein stichhaltiges Argument dafür sehen, dass es auch heute noch da sein muss. Frau Blom sagt erst mal nichts mehr, weil man sprachlos ist, wenn man einen Wackelkontakt zur Realität hat.

Ein Postbote kommt uns entgegen. Er schiebt sein Lieferrad sehr langsam, als seien nur Mahnungen und falsche Lösungsworte darin.

»He«, sage ich barsch, »wo ist unser Briefkasten?«

»Guten Morgen erst mal«, sagt der Postbote, »der wurde offenbar abgebaut.«

»Das geht doch nicht«, sage ich.

»Offenbar schon«, antwortet der Postbote.

»Sie haben keine Ahnung, was uns dieser Briefkasten bedeutet hat«, sage ich, und er sagt: »Jetzt seien Sie doch nicht so unfreundlich, ich habe ihn ja nicht persönlich weggetragen.«

Da hat er leider recht. Mir fällt auf, dass das Verschwinden des Briefkastens leichter hinzunehmen wäre, wenn jemand ihn aus einer persönlichen Notlage heraus hätte verschwinden lassen. Wenn jemand beispielsweise einen voreiligen Schlussmachbrief eingeworfen und dann voller Reue versucht hätte, ihn wieder herauszufischen, erfolglos und mit wachsender Verzweiflung, und dann spätnachts, vielleicht unter Zuhilfenahme seiner gesamten Familie, den kompletten Briefkasten hätte verschwinden lassen. Das wäre eine nachvollziehbare Verzweiflungstat, nachvollziehbarer als ein schnöder Abbau ohne Not.

»Sie hätten uns informieren müssen«, sage ich, »Sie können uns den Kasten doch nicht einfach wegnehmen, ohne Erklärung, und dann so tun, als wäre er niemals da gewesen.«

»Aber so tue ich doch gar nicht«, sagt der Postbote. Er sieht aus, als habe er nicht nur im Lieferrad, sondern auch im Innern hauptsächlich Mahnungen und falsche Lösungsworte.

Wir schauen alle drei auf die kleine Hecke, vor der der Briefkasten gestanden hat, die Hecke, die so tut, als sei nichts gewesen, schon gar nicht ein Briefkasten, die all die Zeit, die der Briefkasten hier gestanden hat, einfach unterschlägt.

»Ich erinnere mich an das Klappern der Briefkastenschlitzabdeckung«, sage ich. Wenn man ein wichtiges Dokument eingeworfen hatte, war es der Soundtrack zu dem erhebenden Gefühl, etwas erledigt zu haben, bestenfalls auch noch pünktlich.

»Haben Sie mal durch den Schlitz dieses Briefkastens geschaut, kurz vor seiner Leerung?«, findet jetzt Frau Blom ihre Sprache wieder.

»Nein«, sagt der Postbote, »ich kannte diesen Briefkasten nicht. Ich bin neu hier. Ich kenne so gut wie niemanden.«

»Die Briefe darin sehen dann aus wie ein dunkles Meer, das im Sturm erstarrt ist«, erklärt Frau Blom. »Ein bisschen wie *Das Eismeer* von Caspar David Friedrich. Nur ohne Wrack.«

»Das wusste ich nicht«, sagt der Postbote, und nach ein paar Schweigeminuten sagt er: »Es befindet sich ein Briefkasten in der Gebbstraße. Ebenfalls mit Klappern und Eismeer.«

»Das ist zu weit für Frau Blom«, sage ich. Frau Blom ist nicht gut zu Fuß, die Gebbstraße ist für sie fast so weit weg wie Australien persönlich.

Das traurige Gesicht des Postboten hellt sich auf, denn es fällt ihm etwas Gutes ein. »Sie können mir Ihre Briefe auch mitgeben, wenn ich Ihnen die Post bringe«, sagt er zu Frau Blom.

»Aber ich weiß doch nicht, wann Sie kommen.«

»Das kann ich Ihnen ungefähr sagen«, sagt der Postbote, und es ist ihm deutlich anzusehen, dass er sehr gern wenigstens einen Wackelkontakt hätte, zu Frau Blom, zu irgendwem. »Ich würde mich freuen«, platzt es aus ihm heraus, »ich würde mich auch ganz persönlich freuen, wenn mal jemand auf mich warten würde, und zwar nicht, um mich zu beschimpfen«, und es tut mir leid, dass ich so barsch zu dem Postboten war. »Ich hab's nämlich auch nicht leicht«, sagt er, und seine Stimme wackelt ein bisschen, und Frau Blom und ich trösten den Postboten, von dem wir gern getröstet worden wären, aber es ist eigentlich auch egal, wer wen tröstet, Hauptsache, es fallen ein paar tröstliche Worte hier im Dunstkreis des abwesenden Briefkastens.

Wenn sich ein Wunsch erfüllt

In meiner Ursprungsfamilie ist es ein Ritual, einander einmal im Jahr gründlich zu verschaukeln. Ich kenne keine andere Familie, in der die Sitte »Aprilscherz« so ernst genommen wird wie bei uns – Wochen zuvor wird bereits fieberhaft überlegt, wie man wen am sichersten in den April schicken kann. Die Vorstellung, niemanden hineinzuschicken oder selbst nicht geschickt zu werden, ist sehr trübe; als müsste man selbst oder ein naher Verwandter sich dann für immer in einem nichtssagenden März zurechtfinden.

Beim Aprilscherz geht es darum, mittels einer exakt auf ihn zugeschnittenen Erfindung das Herz des anderen kurz in seine Hose rutschen zu lassen – und ihn dann mit Erleichterung zu begießen. Das Phänomenale ist, dass wir alle, meine Mutter, mein Vater, mein Bruder und ich, tatsächlich immer wieder hereinfallen; obwohl wir seit Jahrzehnten wissen, was uns am ersten April blüht, und deshalb besonders argwöhnisch sind. Wahrscheinlich liegt das an dem Wunsch, unbedingt hereinfallen zu wollen.

Als ich in Berlin gerade mit Ach und Krach meinen Führerschein gemacht hatte (sehr spät, ich war Anfang vierzig), rief am ersten April mein Bruder an und gratulierte mir herzlich und wortreich – schade sei nur, sagte er beiläufig, dass in Berlin erworbene Führerscheine ja ausschließlich in Berlin und Brandenburg gültig seien. Ich glaubte das und erschrak und freute mich dann sehr. Meinem Vater, der am liebsten allein ist und sich, wenn überhaupt, nur mit den unvermeidlichsten Menschen umgibt, erzählte ich dieses Jahr, dass ich seinen sehr gesprächigen Schulfreund Franz getroffen hätte, der um eine psychologische Beratung durch meinen Vater gebeten habe, weswegen ich ihn spontan zu meinem Vater eingeladen hätte, Franz bliebe über Nacht und brächte seine ebenfalls beratungsbedürftige Enkelschar mit. Mein Vater glaubte das und erschrak und freute sich dann sehr.

Auch wegen unserer Lust am Aprilscherz haben mein Bruder und ich eine Leidenschaft dafür, unsere nahe Verwandtschaft an runden Geburtstagen aufwändig zu überraschen. Das ist natürlich ein heikles Geschäft. Zum sechzigsten Geburtstag meiner Mutter haben wir den Fehler gemacht, ihr eine Überraschungsparty zu kredenzen – noch Jahre später hat meine Mutter uns das verübelt, weil sie sich aufs Unschönste überrumpelt fühlte, weil sie sich vorher nicht zurechtmachen konnte und mit ungewaschenen Haaren in eine Meute herausgeputzter Gratulanten stolperte. Wir haben aus unserem Fehler gelernt: Eine Überraschung muss immer in einem kleinen Kreis passieren, in dem man sich auch ungeduscht wohlfühlt.

Am siebzigsten Geburtstag meiner Mutter waren wir versierter. Meine Mutter war in ihrer Jugend eine begeisterte Reiterin, und immer mal wieder seufzte sie, dass sie gerne noch mal reiten würde. Also planten wir, meine Mutter mit einem Ausritt an der Nordsee, ihrem Lieblingsmeer, zu überraschen; ein Reiter mit zwei Pferden sollte den Strand entlanggeritten kommen und meine Mutter bitten aufzusitzen.

Aufwändige Geburtstagsüberraschungen organisiert man nicht aus Selbstlosigkeit, sie erheben auch die Überraschenden. Als der Plan stand, ging es bei meinem Bruder und mir zu wie auf einem Raketenstartgelände beim Countdown. Das Organisieren, das drohende Scheitern des Plans, das schließliche Doch-noch-Hinkriegen ist euphorisierend; und auch, sich für einen guten Zweck danebenzubenehmen. »Und du kommst wirklich nicht zu meinem Geburtstag?«, fragte meine Mutter mich Wochen vorher am Telefon. »Es ist doch der siebzigste«, und ich erwiderte bräsig, dass ich gerade schrecklich viel zu tun hätte und wir halt irgendwann nachfeiern müssten.

Meinem Vater kam die Aufgabe zu, meine Mutter unter Angabe falscher Gründe an die Nordsee zu schaffen. Mein Vater, der an diesem Tag offenbar eine Schlagseite zum Morbiden hatte, sagte, er habe einen ehemaligen Patienten, der suizidal sei und sich, mein Vater sagte das wörtlich, »zum Sterben nach Holland zurückgezogen« habe. Mein Vater müsse ihn retten, und meine Mutter solle mit, um ihm notfalls bei der Rettung beizuspringen. Meine Mutter möge Verständnis haben, ihren Geburtstag müsse man dann halt irgendwann nachfeiern. Wie immer hatte meine Mutter Verständnis und die ganze Fahrt über große Sorge um den suizidalen Patienten, und mein Vater machte es nicht besser, indem er bis Holland ausführlich verschiedene Selbsttötungsszenarien entwarf.

Mein Bruder und ich erwarteten meine Mutter am Nordseestrand. Meine Mutter freute sich sehr, auch darüber, dass hier keiner lebensmüde war und alle nur sehr verschwitzt waren: mein Bruder, weil er seit Stunden in seinem Rucksack verborgene Reitstiefel für meine Mutter durch die Augusthitze schleppte, und ich, weil ich mich sorgte, dass die Pferde womöglich nicht auftauchen würden. Sie tauchten aber auf, malerisch kamen sie den Strand entlanggeprescht.

Meiner Mutter rutschte das Herz in die Hose, weil man immer erschrickt, wenn ein Wunsch erfüllt wird, und kurz erschrak ich auch, weil ich plötzlich dachte: Wir haben es falsch gemacht, die Erfüllung dieses Wunsches seift meine Mutter mit ihrem Altsein ein, man kann mit siebzig nicht einfach so auf ein Pferd. Aber dann zog sich meine Mutter die Stiefel an, mit vereinten Kräften schoben und zogen wir sie hoch auf das Pferd. Und dann preschte sie davon, einfach so und laut jubelnd, hinein in einen Sonnenuntergang, den vermutlich mein Bruder organisiert hatte.

Morgen wird meine Tante fünfundachtzig Jahre alt. »Kommst du zu meinem Geburtstag?«, hat sie letzte Woche gefragt. »Leider nicht«, habe ich gesagt, »ich habe gerade schrecklich viel zu tun. Wir müssen halt irgendwann nachfeiern.«

Ich freue mich auf morgen. Das wird ein Fest.

Wer knebelt den Gurkenkönig?

Ich bin auf der Suche nach meiner Nachbarin Frau Wiese, weil ich mir Sorgen um sie mache. Frau Wiese steht vor einer schwierigen Entscheidung. Wobei: Eigentlich steht sie nicht, sondern liegt entkräftet davor. Frau Wiese hat mir so viel von dieser Entscheidung erzählt, so oft das Für und Wider aufgezählt, aus dem bald ein Wider und Wider wurde, dass ich kaum noch sagen kann, worum es eigentlich geht (irgendwas mit einem beruflich bedingten Umzug in eine andere Stadt). Die Entscheidung ist so groß geworden, dass der Anlass dahinter verschwunden ist.

Ich finde Frau Wiese im Heizungskeller. Eigentlich bin ich immer gern hier: Das Gebrodel, das Blinken, die unzähligen Rohre und Lichter erinnern an Versuchslabore durchgeknallter Professoren in 1980er-Jahre-Filmen. Jetzt aber ist der Heizungskeller ein Ort des Schreckens, denn Frau Wiese kauert unter einer verspinnwebten Rohrgemeinde und sieht schlecht aus. »Ich kann mich nicht entscheiden«, sagt sie, und ich setze mich neben sie auf den staubigen Boden.

Wenn man etwas entscheiden muss, kann man Pro- und Kontra-Listen anfertigen, man kann Freunde und sein Bauchgefühl befragen, man kann reiflich überlegen. All das kann Frau Wiese nicht. Sie starrt bewegungslos auf die Entscheidung wie ein

Reh ins Scheinwerferlicht. Es wirkt, als habe nicht Frau Wiese die Entscheidung in der Hand, sondern die Entscheidung Frau Wiese.

Während wir hier sitzen, unter den Rohren, bekomme ich den Eindruck, dass es sich bei der Entscheidung um ein eigenständiges Wesen handelt, und als ich Frau Wiese das sage, fragt sie mich, ob ich den Gurkenkönig aus dem Kinderbuch von Christine Nöstlinger kenne. Den kenne ich, und obwohl ich seit Kindertagen nicht mehr an ihn gedacht habe, sehe ich ihn sofort wieder vor mir: Er ist ein gehässiger Despot vom Format einer kniehohen Gewürzgurke, eingelegt in Boshaftigkeit. »Genauso sieht die Entscheidung aus«, sagt Frau Wiese, »wie dieser Gurkenkönig.« Die fiese, nach Essig stinkende Entscheidung hockt bräsig da, zufrieden schmatzend zermalmt sie Frau Wieses Zuversicht und Urteilsvermögen. Sie hockt zwischen den beiden Optionen, die sich Frau Wiese bieten, und sie hat beide Optionen mit Pech begossen: Beide sehen schrecklich aus, beide führen, glaubt die ausgelaugte Frau Wiese, direkt in ein wasserdichtes Verderben.

»Das ist natürlich albern und hysterisch«, sagt Frau Wiese, weil der Gurkenkönig ihr immerhin die Fähigkeit zur Selbstbezichtigung gelassen hat, und zupft sich ein Spinnweb vom Pullover, »andere müssen viel schwerere Entscheidungen treffen.« Vor unserem geistigen Auge sehen wir lauter Menschen, die sich nach reiflicher Überlegung entscheiden, ein Geständnis oder ein Mandat abzugeben, eine Ehe zu verlassen, Maschinen abzustellen. »Und ich kann noch nicht mal diese eine pupsige Entscheidung treffen«, sagt Frau Wiese. Die Entscheidung, glaube ich, gibt nur vor, getroffen werden zu wollen. Immer wenn Frau Wiese zielt, mit bebender Schusshand und streuender Flinte, weicht sie feixend aus.

»Was ist eigentlich eine reifliche Überlegung?«, fragt Frau Wiese, und weil auch ich mittlerweile mit Pech begossen bin, sage ich: »Keine Ahnung. Pro- und Kontra-Listen vielleicht?«, und noch während ich das sage, höre ich, wie Frau Wieses Gurkenkönig sich vor Lachen überhaupt nicht mehr einkriegt.

Frau Wiese erinnert mich an mich selbst, wenn ich einen Hexenschuss habe. Ich versuche dann immer, mich so gut wie gar nicht mehr zu bewegen, weil jede Bewegung die falsche sein könnte. »Wir müssen irgendwie in Bewegung kommen«, sage ich leise, »wir brauchen einen Plan.«

»Der Plan ist, hier sitzen zu bleiben, bis sich alles von selbst erledigt hat«, sagt Frau Wiese, und sie sieht dabei so traurig aus, dass es kaum auszuhalten ist. »Irgendwann verpufft die Entscheidung, sie macht sich davon, und es geschieht dann einfach irgendwas«, sagt sie. Ich denke an die Psychologen in meiner Familie, die ich mir jetzt dringend herbeiwünsche, in diesen räudigen Keller, und frage, was die fragen: »Und wie fühlt sich das an? Wenn sich alles irgendwie von selbst erledigt hat?«

»Nicht so gut«, sagt Frau Wiese. »Ein bisschen so, als würde ein riesiger, mindestens fünfstelliger Säumniszuschlag abgebucht.«

Ich streiche Frau Wiese über ihren Kopf, in dem alles vollkommen zergrübelt ist. Sie lächelt mich müde an und fragt: »Sie haben nicht zufällig eine Scheißegaltablette dabei?«

Vor einigen Monaten haben Frau Wiese und ich uns über die tückischen Segnungen der (auch von Medizinern so genannten) Scheißegaltablette unterhalten. Sie befindet sich in abschließbaren Medizinerschränken und wird vor schmerzhaften Untersuchungen verabreicht. Ihr Name ist Programm, entzündliche Gedanken und hyperaktives Einweckgemüse werden von der

Scheißegaltablette niedergestreckt, und kurzzeitig fühlt man sich, als sei alles, was man sich nie zugetraut hat, ein Leichtes: Unter dem Einfluss der Scheißegalpille glaubt man, sogar professionelle Entscheiderin werden zu können. Dummerweise erwachen Gedankenschleifen und ihre Auswüchse nach so einer Scheißegaltablette mit besonders viel Elan.

Frau Wiese braucht keine Scheißegalpille, sie braucht einen Profi, und zwar dringend. Jemanden, der mit ihr in ihren inneren Heizungskeller hinabsteigt, in dem ganz offenbar ein durchgeknallter Professor tätig ist. Sie braucht jemanden, der den Gurkenkönig knebelt (und meinetwegen später dabei hilft, sich mit ihm anzufreunden – aber sicherheitshalber wäre ich zunächst für Knebeln), der Frau Wiese aus dem Gestrüpp ihrer Gedanken herausschneidet, der halbseidene Einzugsermächtigungen aufkündigt, der das Pech von den Optionen kratzt.

Solange wir allerdings hier sitzen, kommt niemand in Sicht.

Eddie, Sie alter Wuselknödel

Jahrzehntelang habe ich mir einen Hund gewünscht. Jetzt habe ich einen, schon seit drei Jahren. Er heißt Eddie und ist ein freundliches, kniehohes wuscheliges Tier.

Als ich Eddie von seinem Züchter abholte – nach Vorgesprächen hatte er befunden, dass Eddie und ich »füreinander bestimmt« seien –, lief er nicht fröhlich auf mich zu, sondern verkroch sich unter einem Stuhl. In dem Moment fand ich ebenfalls, dass wir füreinander bestimmt waren: Auch ich lief nicht fröhlich auf ihn zu, auch ich hätte mich am liebsten unter einem Stuhl verkrochen – wenn auch aus anderen Gründen. Der Wunsch nach einem Hund war innig und pausenlos gewesen, aber jetzt dachte ich: »Lieber doch nicht«; und bis heute bin ich nicht sicher, ob das die ernstzunehmende Warnung einer inneren Stimme war oder ob es die eiskalten Füße waren, die ich stets bekomme, wenn ein großer Wunsch droht, in Erfüllung zu gehen.

Ich finde Eddie ausgesprochen nett. Wenn allerdings im Hundeauslaufgebiet andere Besitzer von der heißen Liebe zu ihrem Hund erzählen und davon, wie überhaupt nicht sie sich ein Leben ohne das Tier noch vorstellen können, dann nicke ich immer und lächle schief wie jemand, der nur vorgibt, die Sprache zu verstehen, in der gerade gesprochen wird.

Heute sitzen Eddie und ich im Wartezimmer einer Tierärztin, Eddie braucht eine Impfung. Die Tierärztin ist eine Erscheinung. Sie hat eine ungeheure Leibesfülle und beeindruckt mich immer sehr durch ihren Körpereinsatz – ich glaube, man kann da durchaus von Magie sprechen. Sie beugt sich nicht bloß über das Tier, sie lässt es unter sich verschwinden, sie begräbt es irgendwo in ihrem höhlenreichen Oberkörper, und anschließend kommt das Tier behandelt und munter wieder hervor. Ich frage mich, ob in irgendeiner tiefen Falte des Körpers der Tierärztin ein Kleintier haust, das sie nach der Behandlung dort vergessen hat.

Vor ein paar Monaten hatte Eddie sich beim Herumtollen eine Wunde zugezogen, unter der sich ein Abszess gebildet hatte. Eddie verschwand unter der gebeugten Tierärztin, und man konnte nicht mit Sicherheit sagen, ob das Blut und der Eiter, die aus dem Abszess kamen, tatsächlich aus dem Hund oder aus der Tierärztin flossen.

Während wir warten, erzählt die Dame neben mir, dass sie sich ein Leben ohne ihren Dackel überhaupt nicht mehr vorstellen kann. Ich nicke und lächle schief und kraule Eddies Fell. Mein Sohn sagt, es sei karamellfarben. Ich finde eher, Eddies Farbe ähnelt der eines Kuscheltiers, das lange Jahre in einem Raucherhaushalt herumgelegen hat.

Als wir an der Reihe sind, verstaut die Tierärztin Eddie nebst einer Spritze unter ihrem Körper. »Und, wie geht's?«, fragt sie dabei. Hinter der Tür hört man, wie die Dame im Wartezimmer ihrem Dackel Liebesworte zugurrt. Weil ich mir ein Leben ohne Eddie gut und farbenfroh vorstellen kann, platzt der Satz »Ich liebe diesen Hund nicht genug« aus mir heraus.

Die Tierärztin, in der Eddie versunken ist, hebt ihren Kopf und schaut mich verständnislos an. »Wie, nicht genug?«, fragt sie.

»Ich sollte ihn mehr lieben«, sage ich.

»Wie, mehr?«, fragt die Tierärztin.

Es ist ein diffuses Mehr an Liebe, das mir vorschwebt. Das gleiche unspezifische Mehr, das man in Neujahrsvorsätzen gelobt: »Mehr Sport«, »Mehr Optimismus«, »Mehr Gelassenheit.« Ich habe ein schlechtes Gewissen, ich habe Sorge, dass sich unter meiner unzureichend portionierten Liebe auf Eddies Seele womöglich ein Abszess bildet.

Eddies Hintern kommt unter dem Oberarm der Tierärztin hervor, sie schiebt ihn wieder zurück. »Auf mich wirkt der ganz zufrieden«, sagt sie. »Wie sieht denn so Ihr Alltag mit dem Hund aus?«

Eddie und ich spazieren täglich durch Hundeauslaufgebiete. Ich werfe ihm Stöcke, er bringt sie mitunter zurück. Während ich arbeite, liegt er unter dem Tisch, ich schiebe meine Füße unter seinen Rücken. Ansonsten sind wir beide keinen großen Kuschler; manchmal unternehmen wir dahingehende Versuche, aber nach fünf Minuten hören wir einvernehmlich wieder auf. Manchmal frage ich Eddie etwas, Alltägliches oder Besinnliches. Wo der Wohnungsschlüssel hin ist oder die Zeit. Ich warte dann immer darauf, dass er sagt: »Interessante Frage, aber leider kann ich nicht sprechen.«

»Klingt doch gut«, sagt die Tierärztin.

Dann lässt sie den kompletten Eddie unter ihrer Achselhöhle hervorploppen und richtet sich auf. Eddie ist begeistert und hüpft um die Tierärztin herum. »Mach's gut, alter Wuselknödel«, sagt sie und tätschelt Eddies Kopf.

Im Türrahmen legt mir die Tierärztin ihre riesige Hand auf die Schulter. »Ihr Hund ist nicht aus irgendeinem Seelenschnickschnack für sie bestimmt«, sagt sie, »sondern einfach, weil er nun mal da ist. Bei Ihnen.« Und als ich schon fast draußen bin, ruft sie mir zu, so laut, dass die Dame mit dem Dackel es unbedingt hört: »Sie können den Hund natürlich auch an einer Autobahnraststätte aussetzen. Das ist immer eine Lösung.«

Die Dame mit dem Dackel erstarrt. Die Tierärztin lacht ein Lachen, das vermutlich ein Erdbeben auslösen kann.

Eddie und ich gehen auf eine Hundewiese. Wieder hören wir die mehrstimmige Geschichte vom unvorstellbaren Leben ohne Hund. Kurz spiele ich mit dem Gedanken, das Wort »Autobahnraststätte« dazwischenzurufen. Eddie bringt mir einen Stock, ich werfe, er bringt ihn zurück. Wenn Eddie und ich uns unterhalten könnten, fällt mir plötzlich auf, dann würden wir uns wahrscheinlich siezen. Weil er nun mal da ist und schieres Vorhandensein offenbar ausreicht, um füreinander bestimmt zu sein, ist es Zeit für den nächsten Schritt. »Eddie, Sie alter Wuselknödel«, sage ich, »darf ich Ihnen das Du anbieten?«, und gleichzeitig werfe ich den Stock, im hohen Bogen. Eddie saust davon und wieder zurück. Er sieht aus, als könne er sich ein Leben ohne dieses sausende Hin und Her überhaupt nicht mehr vorstellen.

Ein absolut unwahrscheinlicher Todesfall

Mein Onkel Ulrich und ich sitzen schon viel länger auf der Terrasse unseres Lieblingscafés, als wir das geplant hatten. Wie immer hatte ich uns zwei Stück Himbeersahne bestellt, Ulrich hat bis vor Kurzem behauptet, er sterbe für Himbeersahne, diesmal allerdings hat er seine nicht angerührt. »Torten sind von Übel«, hat er gesagt, und nur einen grünen Tee getrunken. Ich habe also zwei Stück Himbeersahne intus, alles ist längst bezahlt und abgeräumt, aber Ulrich will nicht aufbrechen. Zu Hause nämlich wartet seine Frau auf ihn, Elli – und die stellt ihm seit Wochen mit seiner eigenen Beerdigung nach.

Ulrich geht auf die achtzig zu, und Elli findet, dass es an der Zeit ist, die sogenannten letzten Dinge zu klären: »Du musst dir doch mal Gedanken machen«, hat sie vor einigen Wochen gesagt, »um das, was kommt.«

»Das müssen nur Leute, die kleinlicherweise nicht im Hier und Jetzt leben«, hat Ulrich erwidert, »ich aber lebe ausschließlich im Hier und Jetzt«, und Elli warf ihm vor, dass er doch bitteschön auch das zukünftige Hier und Jetzt seiner zukünftigen Hinterbliebenen bedenken solle, und außerdem, dass er sich hinter seinem ewigen Hier und Jetzt verstecke. Ulrich, fand Elli, hielt sich das Hier und Jetzt vor sein Gesicht wie ein Kind seine

Hände, weil es glaubt, dass es dann keiner sehen kann – das Altern aber sah Ulrich natürlich trotzdem.

Die pragmatische Elli ist dann mit burschikosem Beispiel vorangegangen. Stichpunktartig notierte sie, was im Falle ihres Todes zu unternehmen ist: welchen Bestatter man anrufen soll (den günstigen), welche Musik gespielt werden soll (*Somewhere over the rainbow*), wo alle wichtigen Dokumente sind (Kommode unter dem Fernseher). Das Blatt mit ihren Wünschen hat Elli an den Kühlschrank geklebt. Dort hängt es nun, zwischen den Buntstiftzeichnungen der Enkel und dem Flyer vom Takeaway-Chinesen.

Ich finde das ausgesprochen lässig von Elli, es besteht allerdings der Verdacht, dass sie das Blatt nur dort hingehängt hat, um Ulrich zu piesacken. »Immer, wenn ich mir einen Joghurt hole, kann ich nachlesen, dass meine Frau eine Feuerbestattung wünscht«, sagt Ulrich und fröstelt.

Elli ist hartnäckig, und sie geht nicht besonders zartfühlend vor, denn das Zartfühlen hat sie bei Ulrichs letzten Dingen nicht weitergebracht. Als Elli und Ulrich letztens bei Edeka waren und im dortigen Radio *Sailing* von Rod Steward lief, schlug Elli munter vor, dass das doch ein passendes Lied für Ulrichs Beerdigung sei. Als Ulrich sich mit seinem Bruder Franz traf, legte Elli ihm nahe, Franz zu fragen, ob er nicht ein paar Worte auf Ulrichs Beerdigung sprechen würde.

»Und was hat er gesagt?«, frage ich meinen fröstelnden Onkel. »Dass er da vermutlich selber schon beerdigt sein und deshalb keine Zeit haben wird«, erzählt Ulrich, lächelt kurz und schaut dann wieder grimmig. Er fährt sich durch die Haare, die neuerdings blond sind. Zu unser aller Bestürzung hat sich Ulrich die Haare gefärbt. Er sieht jetzt aus wie ein sehr, sehr alter

Howard Carpendale. Er trägt junge Haare über einem betagten Gesicht, er trägt sie bis zu seinem Hals, der aussieht wie der eines Haustruthahns. Im Alter bilden sich an allen Hälsen in meiner Familie sanft hin- und herschwingende Hautlappen; auch mein Hals gibt bereits nach.

Nachdem Ulrich das Altsein ignoriert und das Hier und Jetzt vorgeschoben hatte, begann er vor einiger Zeit damit, das Altern aufhalten zu wollen. Er kaufte sich verschiedene Anti-Aging-Cremes und probierte allerlei Diäten, die vorgeben, ein Jungbrunnen zu sein. Eine davon riet, nur grüne Blätter und Gräser zu sich zu nehmen. Elli war entsetzt. »Was glaubst du eigentlich, was deine Patienten denken, wenn sie ihren ehemaligen Psychoanalytiker im Garten äsen sehen?«, fragte sie. Ulrich erwiderte, dass sie Ellis Todesliste am Kühlschrank wahrscheinlich seltsamer fänden.

Ich kann Onkel Ulrichs Weigerung gut verstehen. Letztes Jahr habe ich eine solche Bestattungsliste mit meiner Mutter gemacht, sie hatte das angeregt und war viel unverblümter und gelassener, als ich erwartet hatte. Ich hörte ihr zu und schrieb alles mit, gaukelte mir aber derweil vor, dass ein Todesfall meiner Mutter absolut unwahrscheinlich ist, dass wir gerade dabei waren, eine Versicherung gegen irgendetwas ganz und gar Abwegiges abzuschließen, etwas, das nie eintreten wird, eine Versicherung gegen Schäden durch eine Truthahnplage zum Beispiel.

»Hör mal«, sagt Ulrich jetzt, »Elli fragt, weil Franz ja verhindert sein wird, ob du vielleicht ein paar Worte sagen würdest. Im Falle des Falles. Bei meiner, na, du weißt schon, Dings. Fragt Elli«, schiebt er sicherheitshalber noch mal hinterher.

Ich muss daran denken, dass Ulrich früher, als er noch Psychoanalytiker war, potenzielle Patienten ablehnte, die sagten, sie wollten eine Therapie beginnen, weil ihre Frau das vorgeschlagen habe.

»Klar«, sage ich.

»Okay«, sagt Ulrich.

Und dann breitet sich eine Stille aus, wie ich sie zwischen uns noch nie erlebt habe. Wir versuchen gar nicht erst, dieser Stille durch ein weiteres Wort beizukommen. Es ist eine Stille, die selbst entscheidet, wann sie zu Ende ist, eine Stille, die sich nichts sagen lässt. Man weiß ja selten im Voraus, wann genau man sich an etwas erinnern wird, aber in diesem Fall weiß ich punktgenau, an welchem unglücklichen Tag ich mich an diese Stille erinnern werde, an dieses Hier und Jetzt, das sich vor einem schon viel zu lange abgeräumten Tisch abspielt.

So geht das nicht. »Komm«, sage ich, als die Stille vollständig abgeklungen ist, »wir bestellen noch was.«

Eine Warteschleife von Weltrang

Mein Internetanschluss funktioniert nicht, deshalb rufe ich bei der Telefonanbieter-Servicehotline an, und es geht sofort jemand ans Telefon. Weil ich selten aus Erfahrung lerne, finde ich das sensationell und überschütte die Frau am anderen Ende der Leitung mit Begeisterung darüber, dass sie so prompt am Telefon ist. »Oft landet man ja erst mal in Warteschleifen«, sage ich.

»Worum geht es?«, fragt die Frau, und als ich ihr den Fall geschildert habe, sagt sie: »Da verbinde ich Sie mal mit der Technik.«

Und schon bin ich in der Warteschleife, ich Schaf. Ich hatte vergessen, dass der Hotline-Erstkontakt nichts als ein schwenkbarer Kranarm ist, der einen in die Warteschleife setzt, auf der man dann seine endlosen Bahnen ziehen muss. Es läuft *Für Elise,* natürlich.

Nach zwanzig Minuten *Für Elise* – mein Blick ist mittlerweile leer, die Gesichtszüge entgleist – wird die Musik unterbrochen, und sofort bin ich hellwach. Es meldet sich ein Techniker. Er sagt: »Ich prüfe jetzt mal die Verbindung«, und dann macht er etwas, das sich anhört, als fahre er mit einem Pfeifenreiniger in eine schmale Röhre. »Kann gut sein, dass das nicht an der Verbindung liegt, sondern an Ihrem Router«, sagt der Techniker, nicht ohne Vorwurf in der Stimme. Da ich immer bereit bin, ein Schuldgefühl anzunehmen, wenn es mir angeboten wird, frage ich mich, ob ich womöglich meinen Router nicht artgerecht gehalten habe. Der Techniker bietet mir einen neuen Router an, der ungefähr so teuer ist wie ein Supercomputer. »Ich prüfe jetzt aber noch mal was. Dauert einen Moment«, sagt er. Weil ich mittlerweile eine Elisenphobie entwickelt habe, sage ich: »Bitte kommen Sie bald zurück«, ich sage das mit etwas verrutschter Stimme, so, als steche der Techniker in See und ich bliebe liebend und bangend am Ufer zurück.

»Jau«, sagt der Techniker.

Und dann gibt es wieder nur *Für Elise* und mich. Außer mir ist keiner zu Hause, es könnte so schön still sein.

Letztens hat mein zur Übertreibung neigender Onkel Ulrich damit geprahlt, dass er sich nicht erinnern könne, jemals in seinem Leben auf etwas gewartet zu haben. Wenn sich beispielsweise ein Patient verspätete, erzählte Onkel Ulrich, wusste er sich immer sinnvoll zu beschäftigen – nie wartete er tatenlos herum. Als Onkel Ulrich mal eine Reifenpanne hatte und auf den Mechaniker wartete, klappte er auf dem Standstreifen der Autobahn kurzerhand seinen Laptop auf und schrieb ein psychologisches Gutachten fertig. (Allerdings glaube ich nicht, dass Onkel Ulrich, während er auf verspätete Patienten oder Mechaniker wartete, die ganze Zeit *Für Elise* im Ohr hatte.)

Als ich sagte, dass ich in Wartezeiten nichts anderes tun könne als warten, fand Onkel Ulrich, dass ich zu sehr auf andere Menschen bezogen sei, was besonders dann den Fluss des Lebens behindere, wenn der Mensch, auf den man bezogen sei, noch gar nicht erschienen, sondern nur erwartet werde. Und dann fing Onkel Ulrich – man kann die Uhr danach stellen – wieder mit dem

Hier und Jetzt an, dem man sich nicht hingebe, wenn man sich auf die Zehenspitzen stelle und erwartungsvoll über das Hier und Jetzt hinauszuschauen versuche.

Tatsächlich bin ich momentan sehr bezogen, auf den noch nicht wieder erschienenen Techniker nämlich.

Für Elise wird unterbrochen. »Hören Sie?«, fragt der Techniker, und ich bin dankbar, dass es wirklich der gleiche Techniker ist, der zu mir zurückgesegelt ist, und kein anderer, dem ich meine traurige Geschichte von vorn erzählen muss. »Es ist doch nicht Ihr Router«, sagt er, »es ist ein technisches Problem. Ich muss da noch mal was nachprüfen. Dauert einen Moment.« Weil ich mittlerweile eine kapitale Elisenpanik habe, will ich die ersten Klänge noch etwas hinauszögern, den Techniker noch ein wenig bei mir behalten, deshalb frage ich: »Wie finden Sie eigentlich Beethoven?«

Es ist kurz still. Dann antwortet der Techniker: »Beethoven – ein Komponist von Weltrang.« Und bevor ich sagen kann, dass das gar nicht die Frage war, gibt es wieder was für Elise auf die Ohren.

Ich versuche, nicht zu warten. Ich mache ein paar Rückenübungen für Elise. Ich halte *Für Elise* an meine Zimmerpflanze, weil Pflanzen doch angeblich bei klassischer Musik prächtig gedeihen, ich glaube aber, zusehen zu können, wie die Pflanze bei jedem neuen Düdüdüdü welker wird. Ich gehe in die Küche. Ich sortiere die Gewürzdöschen alphabetisch. Ich frage mich, wie wohl die von Beethoven bewidmete Elise *Für Elise* fand und ob sie es genauso oft gehört hat wie ich, ich erinnere mich, dass man gar nicht genau weiß, wer Elise eigentlich war, dass eine gewisse Elisabeth Röckel im Verdacht steht, Elise zu sein, und ich frage mich, was wäre, wenn Beethoven sein Stück nicht *Für Elise,* sondern *Für Fräulein Röckel* genannt hätte, und dann frage ich mich, wo eigentlich mein Aggressionspotenzial geblieben ist. Warum ich dem Techniker nichts von »Zumutung« und »Servicewüste« und »Unverschämtheit« hinblaffen will. Nichts davon will ich. Ich will nur, dass der Techniker nicht für immer verschwunden ist. Allein, dass er zu mir zurücksegelt, macht ihn für mich zu einem Techniker von Weltrang.

Es knistert. »Hören Sie?«, fragt der Techniker. »Ich höre und höre«, sage ich, »Beethoven vor allem«, und der Techniker sagt: »Es gibt eine technische Störung vor Ort. Es muss ein Techniker bei Ihnen vorbeikommen. Ich stelle Sie zu einem Kollegen durch, der wird einen Termin vereinbaren.«

»Dauert einen Moment«, sagen der Techniker und ich gleichzeitig. Ich kneife die Augen zu. Für Elise. Alles ist immer, immer für Elise.

Vom Zählen der Knöpfe

Mein Freund Tobias hat eine neue Küche, eine Einbauküche; ich bin vorbeigekommen, um sie zu bewundern, und das tue ich ausgiebig. Auf dem Küchenboden liegen Karnevalskostüme. Vorhin haben wir uns mit Tobias' Kindern verkleidet, jetzt sind sie im Bett. Ich fahre mit der Hand über die nagelneuen Herdknöpfe. »Wusstest du eigentlich«, frage ich Tobias, »dass ich einen Kränchenfimmel habe?«

Tobias hat keine Ahnung, was ein Kränchenfimmel ist. Kränchen kommt von Kran, damit ist der Wasserhahn gemeint, und wenn man einen bezüglichen Fimmel hat, muss man, bevor man das Haus verlässt, immer noch mal nachschauen, ob der Wasserhahn auch wirklich abgedreht ist. Ein Kränchenfimmel ist eine Art Kreuzung aus Aberglauben und mildem Zwang. Mein Kränchenfimmel bezieht sich nicht auf den Wasserhahn, sondern auf meinen Herd: Oft, wenn ich es eilig habe, muss ich immer lieber noch mal nachschauen gehen, ob der Herd auch wirklich aus ist. »Bekloppt, oder?«, frage ich und rechne damit, dass Tobias sagt: »Das kenne ich auch, so was in der Art hat doch jeder.« Stattdessen starrt Tobias mich an. Ich glaube, er starrt entsetzt – als hätte ich etwas Schockierendes gesagt, etwas wie »Du, ich würde wirklich gerne mal Menschenfleisch probieren«.

Schließlich hört Tobias auf zu starren und fängt wortlos an, die Kostüme zurück in ihre Kisten zu packen.

»So ein Kränchenfimmel ist nichts Besonderes«, sage ich unsicher. »Ich könnte das mit der Herdkontrolle auch jederzeit sein lassen, überhaupt kein Problem«, ich beteuere das wie ein starker Raucher, der behauptet, das Rauchen jederzeit sein lassen zu können. »Das Ganze ist eigentlich nichts weiter als eine putzige Marotte.«

Tobias schweigt, und ich schäme mich, weil ich das überhaupt erzählt habe. Tobias und ich kennen uns gut, wir können, dachte ich, über alles sprechen, wir erzählen uns mit großer Unverblümtheit beispielsweise vom Liebesleben oder von Brechdurchfallerkrankungen, aber solche Marotten sollte man wohl doch lieber für sich behalten.

»Die neue Küche ist wirklich super«, sage ich. Tobias schweigt weiter und setzt sich neben die Kisten. »Was ist denn los?«, frage ich.

Er nimmt eine Federboa vom Boden auf und, das ist ihm deutlich anzusehen, seinen ganzen Mut zusammen. Schließlich sagt er: »Was du als putzigen Fimmel hast, habe ich als ausgewachsenen Zwang.« Dann erzählt er, dass er jedes Mal, aber wirklich jedes Mal, bevor er das Haus verlässt, den Herd kontrollieren muss, und zwar nicht einmal, sondern genau zwölfmal. Zwölf Mal muss er nachzählen, ob alle Knöpfe am Herd auf grün stehen, wenn er sich verzählt, muss er wieder von vorne anfangen, Tobias plant dafür jedes Mal eine halbe Stunde ein, und nichts, gar nichts daran ist amüsant oder fimmelig. »Bekloppt, oder?«, fragt er.

Ich setze mich neben ihn. »Ich habe Angst, dass das schlimmer wird«, sagt er. »Ich habe Angst, dass ich irgendwann überhaupt nicht mehr vor die Tür komme vor lauter Kontrolle, die außer Kontrolle gerät.«

»Warum musst du das denn machen?«, frage ich, und diese Frage finde ich blöder, als Tobias sie findet. Er schaut in die Karnevalskiste. Dann setzt er sich eine Darth-Vader-Maske auf, zieht sich eine Kittelschürze aus den 1970er Jahren an und nimmt einen Feenzauberstab mit abgeblättertem Glitter in die Hand.

»Zähl«, sagt er und wedelt mit dem Stab in meine Richtung. »Zwölfmal. Los, mach schon.«

Tobias' Kostümierung sieht sehr lustig aus, und ich nehme mir vor, mich nächstes Jahr zu Karneval als Zwangserkrankung zu verkleiden.

»Aber warum soll ich das tun?«, frage ich.

»Weil sonst etwas Furchtbares passiert«, sagt Tobias hinter der Maske.

»Aber was denn?«, frage ich.

Tobias hebt kurz seine Maske an. »Denk an irgendeine tagesaktuelle Gefahr«, sagt er. »Wenn du nicht zwölfmal zählst, wird bei dem Arzttermin deiner Mutter etwas Schreckliches herauskommen. Zum Beispiel. Wenn es keine tagesaktuelle Gefahr gibt, kann es auch etwas sein, das immer passieren kann.«

»Zum Beispiel?«, frage ich.

Tobias zieht die Maske wieder auf. »Dein Kind wird einen entsetzlichen Fahrradunfall haben«, sagt er.

»Mein Kind wird einen entsetzlichen Fahrradunfall haben, wenn ich nicht zwölfmal die Herdknöpfe abzähle?«, frage ich.

»Genau«, sagt Tobias.

»Aber das ist doch ausgemachter Blödsinn«, sage ich, obwohl ich weiß, dass Blödsinnigkeit hier überhaupt nichts zur Sache tut; als würde man nicht auch das Blödsinnigste tun, um einen Fahrradunfall abzuwenden, zur Not auch Herdknöpfe kontrollieren, wenn jemand das überzeugend als Präventionsmaßnahme nahelegt. Trotzdem sage ich noch mal, dass das Blödsinn ist.

»Dann beweis mir doch das Gegenteil«, antwortet Tobias unter der Maske, und mir fällt auf, dass das die Standardantwort von Verschwörungstheoretikern ist, wenn man sie auf ihren Blödsinn hinweist.

»Der Zwang benimmt sich wie ein Verschwörungstheoretiker«, sage ich und denke, Kränchenfimmelnde wie ich müssen ihre vermeintlich niedlichen Marotten im Blick behalten, denn wenn man nicht immer wieder überprüft, ob man es wirklich sein lassen kann, hat einen ruckzuck ein innerer Verschwörungstheoretiker mit exorbitantem Aggressionspotenzial im Schwitzkasten.

»Los, zählen, zwölfmal«, sagt Tobias, »sonst passiert was Schlimmes, ich sage nur: Fahrradunfall.«

»Ich denke nicht im Traum daran«, sage ich. »Was sind das überhaupt für mafiöse Methoden?«

Tobias nimmt die Maske hoch: »Ich mache mich zum Affen, oder?«

»Ja«, sage ich, weil jeder despotische Zwang sich zum Affen macht, wenn jemand von außen ihm zuschaut.

»Du musst zählen«, sagt Tobias, »du darfst nicht aufhören. Du darfst es nicht unterlassen.« Ich nehme eine Plastiktrompete für Vorschulkinder zur Hand und haue Tobias damit auf den Darth-Vader-Kopf.

»Doch«, sage ich.

Tobias nimmt die Maske ab, und wir schauen ihm nach, dem Wörtchen »Doch«, diesem klanglich schwer gehandicapten Einsilber, der uns, umstellt von einem herrischen Zwang, außerordentlich wohlklingend erscheint. »Doch«, schreiben wir mit Clownsschminke aus der Kiste auf den nagelneuen Herd. »Doch« wird schnell verwischen, aber im Moment ist es noch da.

Der mit dem Höllenblick

Seit Kurzem lebt in der Wohnung unter uns ein neuer Nachbar. Es handelt sich um Herrn Günter, und ich glaube, ich habe in Herrn Günter meinen Meister gefunden.

Kurz nach seinem Einzug traf ich ihn vor seiner Wohnungstür. Er hatte einen Aufkleber daran geklebt, der einen gewaltbereiten Rottweilerkopf zeigte, unter dem in blutroten Lettern stand: *Hier wache ich.*

Herr Günter schloss gerade seine Tür auf. »Guten Tag«, sagte ich, und als Herr Günter seinen Kopf hob, wich ich zurück – denn in seinem Blick, man kann es nicht anders sagen, loderte ein Höllenfeuer. Zurückgewichen stellte ich mich vor und sagte, dass das Haus sehr hellhörig sei und Herr Günter sich unbedingt melden solle, wenn wir oben zu laut wären. Herr Günter starrte mich an. Ich gab die Hoffnung nicht auf, dass er doch noch etwas sagen würde. »Sie haben also einen Rottweiler?«, fragte ich. »Nein«, sagte Herr Günter und verschwand hinter seiner Tür.

Einen Tag später stand Herr Günter vor meiner Tür, samt Höllenfeuer. »Sie sind zu laut«, sagte er, »hören Sie gefälligst auf, auf mir herumzutrampeln.« Dann drehte er sich um und verschwand.

Ich blieb im Türrahmen stehen. Frau Wiese kam die Treppe herunter. »Haben Sie ein Gespenst gesehen?«, fragte sie. »Nein, aber Herrn Günter«, sagte ich, und Frau Wiese sagte: »Das ist fast dasselbe.«

Niemand im Haus weiß etwas über Herrn Günter, wir wissen nur, dass er zur Zwischenmiete hier wohnt, wir wissen nicht, woher er gekommen ist oder wohin er geht. Wir wissen nicht, wie alt er schätzungsweise ist oder wie groß, weil man sich außer seinen Augen nichts an Herrn Günters Körper merken kann, weil man alle Hände voll damit zu tun hat, den schweren Geschützen in seinem Blick auszuweichen.

Ich legte Teppiche auf die Stellen in unserer Wohnung, auf denen bislang keine gelegen hatten, und besorgte für alle neue Hausschuhe ohne Sohle. Leider gab es sohlenlose Hausschuhe nur mit Häschenapplikation, was insbesondere meinem pubertierenden Sohn ästhetische Sorgen bereitete. Fortan schlichen wir auf behasten Füßen durch unsere Wohnung.

Als ich Herrn Günter einige Tage später im Flur traf, fragte ich ihn, ob es jetzt besser sei. »Was?«, fragte Herr Günter. »Die Lautstärke«, sagte ich. »Nein«, sagte Herr Günter und loderte mich an.

»Ich glaube, Herr Günter ist ein unglücklicher Mensch«, sinnierte Frau Wiese. »Und ich glaube, er hat Sie ausgewählt.«

»Wofür?«, fragte ich. »Um an allem schuld zu sein«, glaubte Frau Wiese, »an seinem ganzen unglücklichen Leben.«

»Kann man als Auserwählte das Auserwähltsein verweigern?«, fragte ich. Frau Wiese schüttelte bedauernd den Kopf, und dann deutete sie noch bedauernder auf meine Hausschuhe. »Finden Sie die schön?«, fragte sie. »Nein«, sagte ich, »die sind für Herrn Günter.«

An einem Samstagabend kam die Patentante meines Sohnes zu Besuch, wir saßen bis spät in den Abend auf dem Sofa und redeten. Was ich an der Patentante besonders liebe, ist, wie ausgiebig sie sich kaputtlachen kann. Dieses Mal aber dachte ich die ganze Zeit: »Lach bitte leiser«, weil ich vor mir sah, wie der unglückliche Herr Günter von unten hasserfüllte Höllenblicke an die Decke schleuderte. Als ich ihr von Herrn Günter erzählte, lachte die Patentante so ausschweifend, dass sie ihr Glas vom Couchtisch stieß. Es fiel auf den Boden und zersprang, mutmaßlich direkt auf Herrn Günters Schädel.

Zwanzig Minuten später stand die Polizei vor der Tür.

»Man hat uns wegen Ruhestörung angerufen«, sagten die Beamten, »haben Sie irgendwas von einer Party mitbekommen?«

»Nein«, sagte ich, und erst, als die Beamten gegangen waren, wurde mir klar, dass wir die Ruhestörung gewesen waren. »Dein Herr Günter hat ja wohl einen Ratsch im Kappes«, sagte die aus dem Rheinland stammende Patentante meines Sohnes entrüstet. »Er hat mich ausgewählt, an allem schuld zu sein«, sagte ich, und die Patentante lachte sich kaputt und sagte: »Herzlichen Glückwunsch.«

Ich grübelte die Nacht lang über Herrn Günter nach. Einerseits fand ich, dass ich seiner Wut mit Mitgefühl begegnen müsse, weil seine Wut ja nichts anderes war als ein zerknülltes Unglück, eine zerknüllte Einsamkeit, die Herrn Günter noch mehr zu schaffen machen musste, je lauter uneinsamere Leute über ihm herumhüpften, je vernehmlicher eine frohgemute Patentante über ihm lachte. Ich überschüttete Herrn Günter innerlich mit einem Bottich Mitgefühl, und andererseits dachte ich, dass Herr Günter ja wohl eindeutig einen Ratsch im Kappes habe, dass er seinen nicht vorhandenen Rottweiler und seinen Höllenfeuerblick dringend zurückpfeifen müsse, und als der Morgen dämmerte, spürte ich eine deutliche Schlagseite zu Herrn Günters lädiertem Kappes, und in dem Bottich, den ich innerlich ausgoss, befand sich immer weniger Mitgefühl und immer mehr von irgendeinem heißen Zeug. Ich vermute, es war Lava.

Um sechs Uhr morgens klingelte ich bei Herrn Günter. Während ich wartete, betrachtete ich meine häschenumpuschelten Füße und dann den Rottweileraufkleber mit den blutroten Lettern. Herr Günter öffnete.

»Hier wache ich«, sagte ich.

Herr Günter schwieg und loderte. »Haben Sie gestern die Polizei gerufen?«, fragte ich. Herr Günter schwieg. »Haben Sie sie eigentlich noch alle?«, fragte ich. Herr Günter schwieg weiter. »Ich habe überall Teppich ausgelegt, ich habe mir diese unmöglichen Hausschuhe angezogen und meinem Sohn das Schweben beigebracht«, sagte ich. »Was soll ich denn Ihrer Meinung nach noch tun?« Herr Günter schwieg. »Jetzt sagen Sie doch mal was«, sagte ich. Herr Günter schwieg. »Egal, was ich tue – ich kann es nur falsch machen, oder?«, fragte ich, und dann sagte Herr Günter endlich etwas, nämlich: »Ja.«

Dann schloss er die Tür.

Oben standen mein Sohn und seine Patentante in Schlafanzügen und schauten mich fragend an. Ich holte Wanderstiefel aus dem Schrank. »Anziehen«, sagte ich. Ich rollte alle Teppiche ein und drehte das Radio bis zum Anschlag auf. Schwer besohlt polterten wir alle drei ausgiebig durch die Wohnung; dann ließen wir uns auf den Boden fallen, mit glühenden Gesichtern, und warteten auf die Polizei.

Frau Wiese schließt eine Lücke

Ich sitze mit Frau Wiese im Auto, wir fahren in den Wald. Frau Wiese will mir jemanden vorstellen, und wenn ich nicht wüsste, dass sie sehr glücklich liiert ist, könnte ich meinen, sie wolle mir eine neue große Liebe zeigen. Das will sie auch, allerdings ist es eine platonische neue große Liebe. »Kennen Sie das«, fragt sie mich, während sie ziemlich schnell die Landstraße herunterbrettert, »man sieht jemanden und weiß sofort, dass er einem immer gefehlt hat? Obwohl einem das gar nicht aufgefallen ist?«

Ich kenne das, glücklicherweise. Solche Begegnungen lassen mich immer wenigstens kurzfristig an Seelenwanderung glauben. Man begegnet jemandem und ahnt, dass man schon mal gemeinsam einem Unglück entgangen oder schon mal in einer Familie aufgewachsen ist. »Da bist du ja wieder«, denkt man, »endlich«, obwohl man gar nicht wusste, dass man das ganze aktuelle Leben lang nach dieser Person gesucht hat – man merkt es erst in dem Moment, in dem man sie findet.

Frau Wiese geht das mit Kriel so. Kriel heißt wirklich Kriel mit Vornamen, ich habe mehrfach nachgefragt und Frau Wiese auch, Kriel heißt Kriel, wie ein Kölner Stadtteil. Es ist ein paar Wochen her, da spazierte Frau Wiese durch den Wald, um wieder mal über irgendetwas nachzudenken, ein Für und Wider abzuwägen. Frau Wiese meint irrigerweise, es helfe, Fürs und Widers immer wieder gegeneinander antreten zu lassen, sie hofft, dass dann irgendwann das Für oder das Wider erschöpft aus der Arena getragen wird und man mit einer ganz zweifellosen Entscheidung dastehen kann. Plötzlich kam Frau Wiese auf dem Waldweg jemand entgegen, eine Frau mit einem Jagdhund an der Leine, einer Sprühdose in der Hand – und knapp über der Schulter der Frau, so sah es Frau Wiese vor ihrem geistigen Auge, schwebte ein zweifelloses Für.

Frau Wiese, die nur selten etwas sofort weiß, wusste sofort, dass sie Kriel gefunden hatte, ohne sie zu suchen. »Da bist du ja endlich«, dachte Frau Wiese, als Kriel auf sie zukam, und deshalb war es unmöglich, wie herkömmliche Spaziergänger knapp grüßend aneinander vorbeizugehen, weil man sich, auch das wusste Frau Wiese sofort, ein Vorbeigehen das ganze verbleibende aktuelle Leben lang vorwerfen würde. Deshalb deutete Frau Wiese auf Kriels Sprühdose und sagte: »Guten Tag, sind Sie Graffitikünstlerin?«

»Nein«, sagte Kriel, »ich zeichne Bäume aus.«

»Toll«, sagte Frau Wiese, die noch nicht wusste, dass Försterinnen Bäume nicht für besondere Leistungen auszeichnen, sondern um sie fällen zu lassen. »Darf ich mich Ihnen anschließen?«, fragte sie, was eine heikle Frage an jemanden ist, dem man in einem mutmaßlichen früheren Leben oft begegnet ist, im aktuellen Leben allerdings zum ersten Mal sieht. Kriel schaute überrascht, weil sie noch nicht wusste, dass sie auf Frau Wiese gewartet hatte, aber zum Glück merkte sie das recht schnell und sagte: »Natürlich.«

Frau Wiese ging Kriel also hinterdrein durch den Wald. Zunächst wurde geschwiegen. Es wurde angenehm geschwiegen, denn es gab nichts, was zu früh oder zu spät gesagt werden konnte; es wurde aufgeregt geschwiegen, denn das Schweigen war wie ein Anlauf. Und dann ging es los. Es ging los mit dem Erzählen, Kriel und Frau Wiese fingen mit allem möglichen Durcheinander an. Sie erzählten sich die Highlights und Wendepunkte ihres ganzen aktuellen Lebens, alles, was bisher geschehen war. Und immer wieder, während Frau Wiese erzählte und zuhörte, dachte sie in Richtung Kriel, dass sie die Lücke gewesen war zwischen all den Menschen, die Frau Wiese gefunden hatte – eine Lücke, die Frau Wiese erst in dem Moment bemerkte, als sie sich schloss.

Seither fährt Frau Wiese immer wieder in den Wald zu Kriel, heute mit mir. Frau Wiese ist wie immer aus dem Ei gepellt, ich kenne niemanden, der auch für Waldspaziergänge so perfekt geschminkt ist wie Frau Wiese. Kriel erwartet uns vor dem Forsthaus. Optisch ist sie das Gegenteil von Frau Wiese, sie ist spindeldürr, immens groß, sie hat einen strohblonden, offensichtlich selbst gemachten Bürstenschnitt, sie hat hellblaue Augen und einen Jagdhund, der Heidrun heißt (alle haben hier seltsame Namen). Frau Wiese stellt Kriel und mich einander vor, sie präsentiert Kriel wie eine Weltsensation. Bei genauerer Betrachtung hat Kriel die Hautfarbe von Donald Trump mit Fieber. Später stellt sich heraus, dass Kriel sich zur Feier des Tages geschminkt hat, leider aber zum ersten Mal im Leben. Wir gehen los in den Wald, Frau Wiese hat die ganz falschen Schuhe an, das macht nichts. Kriel erzählt mir von den Bäumen, mit denen sie seit über zwanzig Jahren zusammenlebt, sie hat eine Stimme, die farblich wunderbar zu den Fichten passt. Sie macht große Schritte in Siebenmeilengummistiefeln, Frau Wiese trippelt glücklich nebenher, Kriel erzählt vom Auszeichnen der Bäume und deutet immer wieder in die Baumkronen, Frau Wiese legt dann den Kopf in den Nacken und schaut so lang in den Himmel, bis Kriel sie an der Hand nimmt und weiterzieht. Es ist schön, Frau Wiese so ohne jedes Wider zu sehen, so glücklich in vollkommen durchweichten Strümpfen.

»Letztens war ich mit Tanja schießen«, erzählt Kriel, und ich muss kurz überlegen, wer Tanja ist, weil ich Frau Wieses Vornamen nicht gleich parat habe. »Mit Frau Wiese?«, frage ich, weil ich mir das kaum vorstellen kann: Frau Wiese in durchweichten Pumps in einem Hochsitz, wie sie mit bebenden Händen in die Gegend ballert.

»Auf Dosen«, sagt Frau Wiese erklärend. Kriel zieht eine Klette aus dem Fell ihres Hundes und wischt sich dann mit ihrer riesigen Hand über die Augen, sie hat längst vergessen, dass sich da verschmierbare Wimperntusche befindet. »Tanja schießt gut«, sagt sie, »Sie hat eine sehr ruhige Hand. Sie zielt entschlossen und präzise.«

Ich starre Frau Wiese an, meine ewig zaudernde Frau Wiese, die Kriel gefunden hat, damit sie die entschlossene und präzise Tanja findet, die, wie Kriel, immer da und bislang nur nicht gefunden worden war. Eine Weltsensation.

Als mich einmal eine immense Panik ergriff

Herr Pohl ist früher gern auf weite Reisen gegangen. Vor einiger Zeit bekam er dann eine Angststörung, die ihn ans Haus fesselte, und es dauerte, bis Herr Pohl seinen Mut zurückgewann. Als der Mut sich wieder eingestellt hatte, stellte sich auch die Coronapandemie ein, die ihn wiederum ans Haus fesselte; und nun tigern Herr Pohl, sein schwungvoller Mut und seine gebrechliche Zwergpinscherdame Lori in vier Wänden herum.

Damit alle drei ein bisschen Auslauf bekommen, fahre ich mit Herrn Pohl in eine weitläufige Brandenburgische Landschaft. Wir gehen spazieren. Es ist stürmisch, die Wolken jagen. Herr Pohl und sein Mut gehen schnellen Schrittes, Lori und ich dackeln hinterher.

»Erzählen Sie mir was«, sagt Herr Pohl, »erzählen Sie mir von Ihrer allerabenteuerlichsten Reise.«

Ich überlege lang und bestürzenderweise ergebnislos.

»Wo waren Sie denn zuletzt im Urlaub?«, versucht Herr Pohl, mir auf die Sprünge zu helfen.

»Eifel«, sage ich.

»Und davor?«

»Nordsee.«

»Ist da was Spannendes passiert?«, fragt Herr Pohl, »sind Sie vielleicht in eine Seenot geraten?«

»Nein«, sage ich kleinlaut, »in eine familienfreundliche Ferienanlage.«

Herr Pohl seufzt. »Gilt auch eine ausgedachte Abenteuergeschichte?«, frage ich, und Herr Pohl winkt ab. »Meines Wissens gehen Sie auf die fünfzig zu«, sagt er empört, »und Sie haben noch nie ein Abenteuer erlebt?«

»Doch«, sage ich, »aber keines in Ihrem Sinne«, und da fällt mir glücklicherweise und im letzten Moment meine entlegene Jugend ein.

»Als ich fünfzehn war, bin ich mit meinem Vater nach Florida geflogen«, sage ich.

»In eine Ferienanlage?«, fragt Herr Pohl alarmiert. Ich schüttle den Kopf, keine zehn Pferde würden meinen Vater in eine Ferienanlage bringen.

»Während des Fluges nach Florida verkündete der Pilot plötzlich, dass auf dem Rollfeld unseres Abflughafens Flugzeugreifen gefunden worden waren. Leider ließ sich nicht feststellen, ob das womöglich die Reifen unseres Flugzeugs waren.«

Herr Pohl sieht mich aufmunternd an. Zwergpinscher Lori sieht mich ebenfalls an, aber eher erschöpft. Ihr reicht es bereits mit dem Abenteuer Brandenburg.

»Wir mussten in Neufundland notlanden«, sagte ich, »es wurde vorsorglich ein Schaumteppich ausgebreitet. So ein Flugzeug, das ohne Reifen landet, ist ja eine hochentzündliche Angelegenheit.«

»Hatten Sie Angst?«, fragt Herr Pohl, und mir fällt auf, dass ich erstaunlicherweise keine Angst hatte. Ich hatte eigentlich vor nichts Angst, wenn mein Vater in der Nähe war, das wird mir erst jetzt klar, aber um Herrn Pohl nicht zu enttäuschen, sage ich: »Natürlich! Ich hatte ganz entsetzliche Angst.«

»Und dann?«

»Es waren tatsächlich unsere Reifen«, sage ich, »es hat furchtbar gerumpelt und es gab ein großes Geschrei.« Ich erzähle Herrn Pohl, dass mein Vater und ich die Nacht auf dem Fußboden des neufundländischen Flughafens verbracht haben, mein Vater hatte seinen Kopf auf den *Spiegel* gebettet, ich meinen auf die *ZEIT*, und mein Vater hatte prognostiziert: »Wenn wir hier schlafen können, können wir das überall.«

»Und dann, Herr Pohl, stellen Sie sich vor«, komme ich jetzt in Fahrt, »als wir in Florida waren, haben wir einen Nationalpark besucht. Es dämmerte bereits, als wir zu einem See kamen, über den eine schmale Brücke zu einer Insel führte – auf der linken Seite der Brücke wucherte ein Gebüsch. Mein Vater wollte unbedingt zu dieser Insel.«

»Ihr Vater scheint ein Abenteurer zu sein«, sagt Herr Pohl anerkennend. Lori gibt ein empörtes Zwergpinscherbellen von sich, Herr Pohl klemmt sie sich unter den Arm.

»Als wir auf der Insel waren und uns umdrehten«, erzähle ich, »da sahen wir, wie ein Alligator quer über die Brücke lief und im Gebüsch an der Brücke verschwand.«

»Alligatoren greifen keine Menschen an«, bemerkt Herr Pohl etwas enttäuscht.

»In der Paarungszeit schon hin und wieder«, sage ich, »und es war März, beste Alligatorenpaarungszeit also.« Herrn Pohl gefällt das. »Sie mussten über diese Brücke zurück«, sagt er munter.

»Wir hatten ja keine Wahl«, sage ich, ein Satz, der in Abenteuergeschichten nicht fehlen darf. »Wir mussten zurück über die

Brücke, neben der ein Alligator im Gebüsch saß. Es war jetzt sehr dunkel.«

»Und hatten Sie Angst?«, fragt Herr Pohl, und mir wird wieder, erst jetzt, erst geschlagene dreiunddreißig Jahre später, auf einer Wiese im Brandenburgischen, klar, dass ich überhaupt keine Angst hatte. »Ich zitterte am ganzen Leib«, sage ich, »es ergriff mich eine immense Panik.«

»Und dann?«, fragt Herr Pohl.

»Mein Vater sagte: Ich gehe auf der Seite des Gebüschs, dann frisst der Alligator mich zuerst.«

Herr Pohl nickt. »Allerdings«, sagt er, »hätte ja auch ein anderer Alligator auf *Ihrer* Seite der Brücke auftauchen können. So ein Alligator, der hat ja Familie.«

»Richtig«, sagte ich, »aber mein Vater fand wohl, dass das kein hilfreicher Gedanke war. Und außerdem: Wir hatten ja keine Wahl«, mit einem Mal finde ich großen Gefallen an diesem Satz.

»Der Weg kam Ihnen sicher sehr lang vor?«, fragt Herr Pohl.

Ich erzähle ihm nicht, dass ich mich an die Länge des Weges gar nicht erinnern kann, sehr wohl aber daran, dass der Griff meines Vaters um meine Hand sehr fest war, dass ich zu meinem Vater sagte: »Was machen wir, wenn der Alligator dich ins Bein beißt?«, daran, dass mein Vater antwortete: »Dann habe ich ein Bein weniger und eine gute Geschichte mehr«, dass wir beide lachen mussten und ich überhaupt keine Angst hatte, und weil ich das erst jetzt wieder weiß, weiß ich auch erst jetzt wieder, dass ich meinem Vater das nie gesagt habe.

Herr Pohl bleibt stehen und schaut in die Weite, die wir gesucht und gefunden haben, gleichzeitig in Brandenburg und in Florida. Wir legen die Köpfe in die Nacken, wir schauen in die rasanten Wolken.

»Schön ist es hier«, sagt Herr Pohl mit Lori unterm Arm und seinem Mut, der zum Glück ein wenig Auslauf hatte, »gehen wir noch ein bisschen weiter?«

»Nein«, sage ich, »ich muss nach Hause. Meinen Vater anrufen.«

Auf Wiedersehen, Frau Wiese

Es ist so weit: Meine Nachbarin Frau Wiese zieht aus, aus beruflichen Gründen und in eine andere Stadt, ihr Verlobter Herr Schnepp ist schon mal vorgezogen und wartet in der neuen Stadt auf sie. Ich habe sehr gern unter Frau Wiese gewohnt, fast zwölf Jahre lang ist der Soundtrack ihres häuslichen Lebens zu mir heruntergerieselt. Wir haben einander nie in unsere Wohnungen eingeladen, aber wir sind immer sehr zutraulich gewesen: Wir haben uns eine Menge anvertraut im Hausflur, an Wohnungstürschwellen, im Heizungskeller. Jetzt stehen in ihrer Wohnung kaum noch Sachen und drei Leute herum: Herr Pohl, Frau Wiese und ich. Wir befinden uns in Frau Wieses ausgeräumter und deshalb hallender Küche, in einem lockeren Halbkreis, mit hängenden Armen und Klößen in den Hälsen; wir stehen da wie Teilnehmer einer systemischen Familienaufstellung, die ins Stocken geraten ist. Hin und wieder kommt ein Umzugshelfer herein, er ist eine schweißgebadete Erscheinung, ein Sumo-Ringer würde neben ihm zerbrechlich aussehen. Der Umzugshelfer schultert letzte Dinge. Gerade trägt er Frau Wieses Hometrainer an uns vorbei, der im Arm des Umzugshelfers so viel zu wiegen scheint wie ein Geodreieck.

Noch ist Frau Wiese da, und es ist nicht gut auszuhalten, tatenlos unter diesem »Noch« zu stehen, deshalb deutet Frau Wiese auf die Fensterscheibe und sagt: »Die Aufkleber da, die könnte man noch ablösen.« – »Sehr gute Idee«, sagt Herr Pohl, und dann eilen wir alle drei dankbar zu der Fensterscheibe. Die Aufkleber sind klein und alt, es handelt sich um drei vergilbte Prilblumen, die Frau Wieses Vormieterin dort hingeklebt haben muss. Herr Pohl friemelt seinen Fahrradschlüssel von seinem Schlüsselbund und kratzt damit an den Aufklebern herum, Frau Wiese und ich piddeln mit den Zeigefingern. Es dauert zum Glück, die Prilblumen kleben sehr gut, und obwohl wir es besser wissen, versuchen wir entschlossen, einem schwerwiegenden Abschied mit Piddeln und Friemeln beizukommen.

Der riesige Umzugshelfer kommt mit einem Schaukelstuhl in der einen und einer Bücherkiste in der anderen Hand vorbei. Er trieft. »Möchten Sie sich vielleicht etwas frischmachen?«, fragt Frau Wiese. »Ich habe noch ein Handtuch im Bad.« Der Umzugshelfer lächelt und schüttelt den Kopf. Er hebt den Arm, an dem der Schaukelstuhl baumelt, und steckt die Nase in seine Achselhöhle. »Es muss riechen«, sagt er gut gelaunt, »sonst stimmt was nicht.« Er winkt mit dem Schaukelstuhl und sagt: »Ich bin gleich fertig.«

Frau Wiese lässt von den Prilblumen ab und sagt mit etwas angeschlagener Stimme: »Ich bin überhaupt nicht mehr sicher, ob es eine gute Entscheidung ist.« Es war absehbar, dass sie das sagen würde. Es hat sehr, sehr lange gedauert, bis Frau Wiese fertig mit ihrer Entscheidung war, aus beruflichen Gründen in eine andere Stadt zu ziehen – und jetzt, in diesem Moment, beim Piddeln, beim Herumstehen unter einem bedrohlich tief hängenden »Noch«, in einer plötzlich ausdruckslosen Wohnung, zeigt sich die Entscheidung von ihrer nicht besonders fotogenen Seite.

Ich werfe klebrige Prilblumenfetzen in Frau Wieses Spüle. »Bestimmt gibt es in der neuen Stadt bessere Armaturen«, sage ich.

»Bessere Armaturen werden überschätzt«, sagt Frau Wiese. »Ich möchte hierbleiben. Bei Ihnen allen.«

»Aber in der neuen Stadt wartet schon Herr Schnepp«, sage ich, denn Herr Schnepp ist unschätzbar, und der Umzugshelfer ruft auf dem Nebenzimmer: »Ich bin jetzt so weit.«

Herr Pohls Brille ist durch die Piddelei auf seine Nasespitze gerutscht, er schiebt sie wieder hoch. Dann streicht er Frau Wiese über die Schulter, räuspert sich und sagt feierlich: »Die Güte einer Entscheidung bemisst sich nicht an ihrem Ergebnis.«

Ich lasse sofort von meiner Prilblume ab und starre Herrn Pohl an. Ich bin wirklich keine Freundin von Wandtattoos, aber diesen Satz von Herrn Pohl möchte ich als Wandtattoo haben, und zwar sofort und an all meinen Wänden. Herr Pohl schaut uns erstaunt an, als wüsste er nicht, woher dieser Satz kam, ich frage: »Was bedeutet das?«, und Herr Pohl antwortet: »Das weiß ich leider auch nicht, aber es ist höchstwahrscheinlich wahr.«

Hinter uns knistert es. In einer leeren Wohnung kann auch ein Knistern ohrenbetäubend sein. Der Umzugshelfer steckt eine Brötchentüte in seine Brusttasche. »Wir können dann jetzt auch mal«, sagt er kauend. Er lächelt Frau Wiese aufmunternd an, und an dieser Stelle gibt es nichts Schöneres als das aufmunternde Lächeln eines Umzugshelfers. Frau Wieses Entscheidung ist richtig, nicht wegen ihres unabsehbaren Ergebnisses, sondern weil sie nach erschöpfendem Hin und Her dafür sorgt, dass man jetzt auch mal kann.

Frau Wiese atmet tief durch. »Also dann«, sagt sie.

Und gegen das, was dann kommt, hilft alles Piddeln und Durchatmen nicht. Frau Wiese und ich fallen uns in die Arme, und obwohl wir uns eigentlich nur von Schwellen und Treppen kennen, fühlen unsere Herzen sich an, als balancierten auf ihnen ein Hometrainer, ein Schaukelstuhl und ein riesiger Umzugshelfer. Frau Wiese und ich haben uns noch nie umarmt. Ich weiß in dem Moment, in dem ich Frau Wieses schmalen Körper im Arm habe, dass wir uns wahrscheinlich nicht wiedersehen werden, weil es keine gemeinsamen Treppen und Schwellen mehr geben wird, und wenn wir uns gleich »Auf Wiedersehen« sagen, Frau Wiese, Herr Pohl und ich, dann meinen wir damit, dass wir uns wünschen, irgendwann etwas wie Frau Wiese in unserem Haus wiederzufinden; wir meinen damit, dass wir Frau Wiese wünschen, dass sie in ihrer neuen Stadt etwas wie uns findet.

Es wäre sehr schön, wenn der Umzugshelfer Frau Wiese jetzt heraustragen, wenn er sich herunterbeugen und Frau Wiese auf seiner Schulter Platz nehmen würde, im Damensitz. Sie wäre ihm ein leichtes, sogar inklusive ihres bepackten Herzens.

Stattdessen geht Frau Wiese neben dem Umzugshelfer aus der Wohnung. Sie winkt noch mal, nach hinten, zu uns, ohne sich umzudrehen, »Auf Wiedersehen«, sagt sie. Herrn Pohls alte Hand legt sich auf meine Schulter, »Es muss riechen«, sagt er, »sonst stimmt was nicht«, und auch das ist höchstwahrscheinlich wahr. »Auf Wiedersehen, Frau Wiese«, rufen wir durch die hallende Wohnung, »auf Wiedersehen.«

Von Mariana Leky sind bei DuMont außerdem erschienen:

Liebesperlen
Erste Hilfe
Die Herrenausstatterin
Bis der Arzt kommt. Geschichten aus der Sprechstunde
Was man von hier aus sehen kann

MIX
Papier | Fördert gute Waldnutzung
FSC® C083411
FSC www.fsc.org

Das bei der Produktion dieses Buches entstandene CO_2 wurde durch die Finanzierung von Klimaschutzprojekten kompensiert: climate-id.com/17531-2110-1001/de

2. Auflage 2024
DuMont Buchverlag, Köln

Umschlaggestaltung: Lübbeke Naumann Thoben, Köln
Umschlagabbildung: © Marinavorona/Adobe Stock
Satz: Fagott, Ffm
Gesetzt aus der Arno Pro
Druck und Verarbeitung: CPI books GmbH, Leck
Gedruckt auf säurefreiem und chlorfrei gebleichtem Papier
Printed in Germany
ISBN 978-3-8321-6723-3

www.dumont-buchverlag.de